# 涼宮ハルヒの分裂



谷川 流

角川文庫
21608

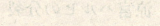

# 目次

# プロローグ

　季節の移り変わりを何をもって実感するかは人それぞれだと思うが、この半年間の俺の場合、家で飼ってる三《み》毛《け》猫《ねこ》シャミセンの動向が最も解《わか》りやすかった。シャミセンが夜中に俺の寝《ね》ているベッドに潜《もぐ》り込まなくなったことで、俺はこの地域に四季のうちで最高評価を与《あた》えてもいい数ヶ月がやってきたことを知り、だが猫以上に季節に敏感《びんかん》なのは環境《かんきょう》変動への対応に感心するほど正確に準じる植物たちだろうとも思いつつ、あちらこちらで満開となった桜たちが、まるで全員が事前に打ち合わせでもしていたようなスケジュール通りの散り様をそろそろ見せてくれそうな四月上旬《じょうじゅん》の空はクレヨンで塗《ぬ》り固めたように青く、太陽は続く夏への準備運動のつもりか、やたら明るい日差しを地表へと降り注がせていたものの山から吹《ふ》き下ろしてくる風はいまだほんのりと冷たくて、俺の現在位置がそれなりの標高にあることを教えてくれている。

　やることもないのでひたすら上空を仰《あお》いでいた俺の口から、言っても言わなくてもどうでもいいような言葉がこぼれ落ちたのは、やはりヒマだったから以外の理由はなかろう。

「春だな……」

なので、別に誰かにリアクションして欲しかったわけでもないのだが、そういう空気をちゃんと読んでいながらも意識的に無理矢理かぶせてくる臨時隣人《りんじん》が、

「疑いようもなく春ですね。そして学生にとっては新しい一年の始まりです。カレンダーの上でも、年度的にも。そして僕の心情においてもね」

むやみに爽《さわ》やかな語り口調、まあ春と秋には似合っていると思ってやってもいいか。夏なら暑苦しいだけだし、冬にだって囁《ささや》き声を聞き取れるほど至近距離《きょり》にいたい人物ナンバーワンは朝比奈《あさひな》さんくらいだからな。

俺が早くも上の空へと移行しつつ聞き流しモードに入りつつあるのを感じたのかどうか、

「高校生になって二度目の春を迎《むか》えたわけですが、私的意見を申し添《そ》えますと、これが『やっと』と言うべきか、それとも『もう』と言うべきか、少々判断に迷うところがありますね」

迷うことなんかあるものか。英語ならどちらもｙｅｔだ。過ぎ去った時間にあったことをいちいち全部覚えてなどいないから、振《ふ》り返ったらたいていのもんは早く終わ

ったように思えるし、これからあるようなことは知りようがないから早くも遅《おそ》くもなく、いまやってることは内容によって、主に楽しいか否《いな》かで早かったり遅かったりを自分なりに感じていればいいのさ。少しは時計の身にもなってみろ。あいつらは文句も言わずに同じ秒数を同じだけカチコチいわせてんだぜ。たまに消した覚えもないのにアラームがオフになってて壁《かべ》に投げつけたくはなるが。月曜の朝には特にな。

「まさにその通りですね。時計の針は我々に客観とは何かを教えてくれる数少ないものの一つです。ですが時間を主観的にしか感じ取ることのできない人間にとって、それは指針の一つでしかないものでもあるんです。より重要なのは、その一定の時間内に自分が何を考え、どう実行したかなんですよ」

「やれやれ」

俺はゆるやかに形を変えようとしている雲の観測作業を中断し、隣《となり》へと首をひねった。

相変わらずな微笑《びしょう》がそこにあり、その持ち主である古泉一樹《こいずみいつき》の存在を表していたが、まあ飛行機雲と比べることもなく眺《なが》めていて目の肥やしにも毒にもならない日常の風景に過ぎず、そんなものを眺めていても何ら得《う》るものはないと考えた俺は、顔を正面に向けることを実行した。

ただ、

「俺の私的意見を申し添えておくとだな」

中庭の光景を存分に網膜《もうまく》へ投射しつつ、耳を傾《かたむ》けている気配のある古泉に、

「やっぱり、やっと来たかって感じがするぜ」

そこら中に群れている新入生たちの真新しい制服を目で追いながら、俺は脳裏《のうり》に録画された懐《なつ》かしい映像が眼窩《がんか》で再生されるのを感じていた。

そしてこう思うのだ。

一年前の二年生たちは、一年前の俺たちをこういう感覚で見ていたのかね——なーんてことをさ。


俺がこの高校に入学したのは学区割りという制度の仕業《しわざ》だが、そこから涼宮《すずみや》ハルヒという未確認《みかくにん》移動物体と出会っちまったと認識するヒマもそうそうに、電波で素《す》っ頓《とん》狂《きょう》な自己紹介《しょうかい》を聞かされて、何だこいつはと思っているうちにあれよあれよとハルヒ時空に引きずり込まれ、あげくにSOS団と称《しょう》する謎《なぞ》組織の一員に加えられた結果、とうとう本物の宇宙人未来人超《ちょう》能力者的存在と邂逅《かいこう》まで果たし、それだけならまだしもそれぞれが持ち寄ってくる宇宙人未来人超能力者的イベントに強制参加させられたかと思えば、一方でハルヒが突然《とつぜん》思いつく道楽にも付き合わされまくるという、いやまったくもう、この一年間で俺の経験値は天井《てんじょう》知らずだ。半端《はんぱ》な中ボスなら片手で

倒《たお》せるんじゃないかと思えるくらいさ。

「習慣ってのはたいしたもんだな」

登校時のしつこいまでに長い坂道にもすっかり慣れちまい、慣れるにしたがって起《き》床《しょう》時間が遅《おく》れていって、今やギリギリまでベッドと同一化を図《はか》っている俺だったが、学校に慣れ親しむという意味では、俺だけでなくハルヒだって滝《たき》を登り終えた鯉《こい》が竜《りゅう》になったくらいの変化を遂《と》げていた。

現時点のハルヒを写真に撮って、ちょうど一年前のハルヒに見せてやりたい。お前は来年、こういうふうになるんだぜ、と予言めいた声色《こわいろ》とともに。

ま、仮にできたとしても、やっぱり俺はしないんだろうが。

「僕も同意見ですよ」

古泉は目を半分閉じるように細め、わずかに唇《くちびる》の端《はし》を上げて腕《うで》と脚《あし》を組んだ。

「ああ、習慣に関してです。地球上の至るところで生活していることからも解《わか》りますが、もともと人間は順応性《じゅんのう》に富んだ生物です。大概《たいがい》の環境《かんきょう》に適応できてしまうんですからね。しかしそれも善し悪しだなと最近思うのですよ。一つの状態に慣れきっていると、不意に起こる突発《とっぱつ》的な事態の発生について行きにくくなる、とね」

何の話だ。ハルヒのことなら、突発的でないほうが少ないだろ。

「ええ、それはそうなんですが……」

古泉にしては珍《めずら》しく言葉を濁《にご》す様子である。何か言いたいことがあれば尋《たず》ねてもいないのに喋《しゃべ》り出すこいつのことだ、ここで追及《ついきゅう》してまた小難しい話を聞かされてはたまらない。

何か言いたげな古泉の視線を振り切るように俺は無言で首を振り、ヤツとは反対側へ視線を転じた。

「…………」

無言というなら御神体《ごしんたい》レベルに無言の輩《やから》となっている小柄《こがら》なセーラー服姿が、微風《そよかぜ》にそよそよと髪《かみ》を揺《ゆ》るがしていた。

いわずと知れた長門有希《ながとゆき》、SOS団の誇《ほこ》る神秘なる宇宙的秘密兵器——ってより、今は文芸部部長というほうが場に相応《ふさわ》しい肩書《かたが》きだろう。俺と古泉同様、長門も学習机と椅子《いす》をこの中庭に運び込み、ただし俺たちから数メートル離《はな》れた位置で黙々《もくもく》と読書をしている。なんか哲学者《てつがくしゃ》と画家と音楽家が環《わ》になっているとかいうようなタイトルのその本は、例によってコンクリートブロックみたいに分厚い。

俺は中庭から部室棟《とう》を見上げた。先程《さきほど》部室へと駆《か》けていったハルヒと、そのハルヒに引っ張っていかれた朝比奈さんはまだ戻《もど》ってこない。このまま今日一日戻ってこなくともいいくらいだし、そのほうが誰にとっても幸せだろうが、そうもいかんだろう。

さて。

ではない。

状況《じょうきょう》説明が遅れたな。端的《たんてき》に言おう。新学年、新学期が始まって数日が経過した今はその放課後だ。この日、俺たちは中庭に机と椅子を持ちだしてきて、片隅《かたすみ》にスペースを作っている。同様のことを他《ほか》の二、三年生もやっており、ただし全員ってわけではない。

人混みの中にはコンピュータ研究部の連中の姿も見える。長テーブルにパソコン数台を陳列《ちんれつ》し、ディスプレイで何やらCG的なシロモノを映しているようだ。いつぞやの宇宙艦隊《かんたい》SLGではなく、妙《みょう》にパステルチックなデザインの、どうやら占《うらな》いソフトじみたもののようだな、あれは。日和《ひよ》ったかコンピ研部長。もっとも三年に無事進級したらしい部長氏がいるのは確認できたものの、今でも部長職に留《とど》まっているのかまでは知らん。どうでもいいっちゃあ、いいが、後で長門に訊《き》いておくか。

他の場所に目を移すと、そこかしこに得体の知れないグループがひしめきあっているのが見て取れる。中には聞いたこともなかったけったいな同好会やら研究会の名があって、そんな発見をして俺はますますどうでもよくなる。もともとこんな行事に俺たちが付き合っている由縁《ゆえん》など、まったくないはずなのだ。

曲がりなりにも理由があるのは、実は長門だけである。

俺はもう一度、瀬戸物《せともの》のように無口な読書好き娘《むすめ》を見やった。

全体的に離れた位置でポツンと席に着いている長門の机の前には、『文芸部』と墨《ぼっ》痕鮮《こんあざ》やかな明朝体《みんちょうたい》で書かれた半紙がセロテープでとめてある。気まぐれな春風に半紙がそよりと揺れるたび、長門の美容院とは無縁《むえん》そうなショートヘアも同じようにゆらゆらとし、本人は外界から隔絶《かくぜつ》されることを望んでいるような静けさで、本のページから目を上げようとはしなかった。

もうお解りだろう。

文化系クラブ——特に弱小な部——による仮入部受付兼《けん》部活説明会。

現在、この中庭でおこなわれているのはそのような式典であった。運動部系はそれぞれ体育館やら運動場で受付やってるし、さほど勧誘《かんゆう》活動をせずとも勝手に部員が集まりそうな吹奏楽《すいそうがく》部や美術部も各自自前の教室で網《あみ》を張っている。ここにいるのは、宣伝しない限り存在や活動内容がもう一つ不鮮明《ふせんめい》な研究部以下同好会以上が主だった。

おっと、言うまでもないかと思ったため言い忘れていたが、SOS団の人員やその関係者はめでたく全員が普通《ふつう》に進級を遂《と》げている。俺とハルヒと長門と古泉は二年生になり、朝比奈さんは三年生になった。一年分の思い出が染《し》みついた一年五組の教室とはおさらばすることに若干《じゃっかん》の郷愁《きょうしゅう》はなしとは言えなかったが、何、二年生になってもこれといった違《ちが》いはなく、ちなみに俺はまたもやハルヒと教室を同じくすることになって、始業式の新二年生初顔合わせの時、クラスの俺の背後席に鎮座《ちんざ》していたのは紛《まご》うことなき涼宮ハルヒの傲岸不遜《ごうがんふそん》な中にも複雑さを交えた得意のカモノハシを擬態《ぎたい》したかのような口だった。

「何よ、これ」

と、ハルヒは新クラスメイトたちを舐《な》めるように睥睨《へいげい》してそうのたもうた。

「一年の時とほとんど顔ぶれ変化なし状態じゃないの。もっと大胆《だいたん》にシャッフルされんのかと思ってたのに」

喜んでいるのか不平を露《あら》わにしているのかどっちかにしろと言いたかったが、この時ばかりはなんとなくハルヒに同意したかったね。なぜなら俺とハルヒは二年五組に配置され、谷口《たにぐち》と国木田《くにきだ》もなぜかいて、おまけに担任は生徒思いで知られる岡部教諭《おかべきょうゆ》だったのである。ちょこちょこと見覚えはあるが名前の知らないヤツも交じっていたが、構成要素のほとんどは旧一年五組を引き継《つ》いでいた。何でも、この時期に早くも理系重視を決め込んだ連中をまとめるとちょうど一クラス分だったらしく、八組がそいつらの受け皿となった代わりに、それまでの八組は解体され、他の七クラスに細切れにして放《ほう》り込まれたらしい。あと、極《ごく》少数が一見無意味な感じにこっちからあっちあっちからこっちへと移動されてるな。担任岡部が律儀《りちぎ》に生徒全員自己紹介《しょうかい》をさせたのは、そのマイノリティたちへの配慮《はいりょ》だったのかもしれない。

もちろん俺はクラス分けにささやかな疑念を覚え、疑惑《ぎわく》の徒となって、事態の裏側あたりで暗躍《あんやく》を遂《と》げそうな人物に質問をぶつけてみた。「お前らの計らいか？」

結果的に得られた答えのうち、「ちがう」と長門は単調な声で告げた後、「たまたま」とまでダメを押してくれ、「何も仕組んでなどいませんよ。学校当局の意向でしょう。少なくとも『機関』はこの件にはノータッチを決め込んでいます」と苦笑《くしょう》混じりに断言したのは古泉だった。

「偶然《ぐうぜん》でしょうね」

どうやら本当の話らしい。

偶然を必然に変えてしまう女の名を一人ばかり知っていたが、俺がつべこべ言うこともない。

そういや朝比奈さんと鶴屋《つるや》さんもまたクラスメイトになったのかね？　そうだったとしたら、そっちは鶴屋家が何かしてくれてそうだが、それもまたツッコムことでないさ。教室や学級は違えど、どうせ放課後になりゃあ全員が集《つど》う場所は同じなんだしな。

俺が気にしているのは——そして気にするべきなのは、もっと違うところにあった。

ひょっとしたらいま俺が目にしている新入生の中にあるのかもしれない。

宇宙人の知り合いならできた。未来人の先輩《せんぱい》も得た。この一年で最も会話した男が超《ちょう》能力者だったことも認めなくてはならん。

だが。

あの日、あの時、東中出身者以外の五組の生徒を唖然《あぜん》とさせたハルヒの自己紹介、その語りぐさとなった文言の中にあって、まだ登場していない肩書《かたが》きがあるのを忘れるわけにはいかなかった。

異世界人。

うむ。そんなものが居て欲しくなどないが、欠けているように思うのもそいつらだ。でもって、俺たちは滞《とどこお》りなく進級し、一年生の座が空いている……。

「やれやれ」

俺は肩凝《かたこ》りをほぐすように首を動かし、新一年生の監視《かんし》任務を始めた。有望そうなのを発見したらすぐさま確保――それが団長殿《どの》の命令だったからな。ところでハルヒの言う有望なやつとは、いったいどんな解《わか》りやすい姿形をしてんだろうね。

ついでに言っておこう。二年五組の初授業開催《かいさい》時の自己紹介で、涼宮ハルヒは一年前と同じ語句を繰《く》り返したりはしなかった。代わりに、清々《すがすが》しいほどの良く通る声で、

「SOS団団長、涼宮ハルヒ。以上！」

ふてぶてしさを思わす笑顔《えがお》とともに俺の後ろ髪《がみ》を大いに振《ふ》るわせ、それだけ言って着席した。

それで充分《じゅうぶん》だろう、と言わんばかりに。

そしてまあ、すべてのクラスメイトにとって、それは充分なことだったのさ。涼宮ハルヒとSOS団の名を知らない人間は、もうそこにはいなかったからだ。

いるとすれば——。

俺は前年度まで三年生のものだったスクールカラーがサイドに入った上履《うわば》きを履き、中庭を闊歩《かっぽ》する脚《あし》の数々を見るともなしに見ながら考える。

こいつらの中にしかないだろう。


葉桜の時期に差し掛《か》かっているソメイヨシノのかたわら、俺と古泉、ちょっと離《はな》れて長門、の三人が無為《むい》なるひとときを過ごしていると、蝟集《いしゅう》する生徒たちをかき分けることもなく、まるでエジプトを脱出《だっしゅつ》するモーゼのようにこちらへと向かってくる人影《ひとかげ》が目についた。

見覚えのあるツラの男子で、俺がここで無為なことをするハメになっている遠因とも言うべき人物だ。さっそうとブレザーの裾《すそ》を翻《ひるがえ》し、時折舞《ま》う桜の花びらの中を歩いてくる姿は、すっかり板に付いた似非《えせ》権力フェイスだ。俺まで三文芝居《しばい》の書き割り舞《ぶ》台上《たい》にいる気分になるぜ。

「ご無沙汰《ぶさた》だったな」

生徒会長は俺たちの前で立ち止まると、渋《しぶ》い声でそう言った。

あいにくだがこっちはそんなにご無沙汰じゃない。始業式の全校朝礼で長々と訓示を述べていた顔をそうそう忘れたりはしないさ。

「それは何より」

シナリオのト書きに書いてあったような動作でズレてもない眼鏡《めがね》をくいっと直し、信者の集まりに不満を抱《いだ》いている教主のような面持《おもも》ちで、

「団長はどこかね。一つか二つ、あるいはそれ以上のクレームをつけてやろうとわざわざ足を運んでやったのに、キミたちの首領の姿が見えないが」

さあ、どこにいるんでしょうね。俺はあいつの秘書でもマネージャーでもなんでもないんで、せわしない同級生の居場所など分単位で把握《はあく》してなどいねーんですよ。

「致《いた》し方ないな。それではキミに問う。キミたちはここで何をしているのかね」

黙《だま》っていたら古泉が答えるかと待っていたのだが、なぜかSOS団きっての優男《やさおとこ》は春ボケしたかのように微笑《びしょう》をくれているだけだったので、

「見て解りませんかね」

投げやりに返答した俺を、会長閣下は鉄仮面じみた表情で見下ろし、

「無論、一目で解るとも。ここがどこで、キミたちが何者かを思えば、考えるまでもなく出てくる答えだ。尋《たず》ねたのは、私の予想を超《こ》えた計画を企《くわだ》てているのではないかとわずかながら想定していたためだ。そうか、ないのか。ならば、私が次に言うべきセリフもすでに解っているな」

それこそこちらの想定していたものと一字一句相違《そうい》ないだろうからな。むしろハルヒがいる時に来てくれたら話がスムーズだったのに……。

って、待てよ。どうしてまた会長はハルヒもいないのに慇懃《いんぎん》無礼ポーズを崩《くず》さないんだ？　現生徒会長は古泉によって強引《ごういん》にでっち上げられた『機関』の傀儡《かいらい》政権じゃなかったのか。

それともあれか。周囲の目をはばかったポーズなのか。しかし俺たちのいる一角は中庭の外れだから、聞き耳でも立てない限り会話を聞き取られる心配などなさそうだし、数メートル横に席をしつらえている長門の耳には届くだろうが、長門に聞かれて困る話なんてＣＩＡかＮＯＲＡＤの上層部しか知らないような情報ぐらいだ。

そんなつもりもないのに俺とにらみ合う形となっていた会長殿下《でんか》は、ふっと唇《くちびる》を歪《ゆが》めると、真横に視線を逸《そ》らして渋い声で、

「ここはもういい。文化系は一通り見て回った。喜緑《きみどり》くん、キミは先にグラウンドへ行っていてくれたまえ。私もすぐに行く」

「はい」

その短いセリフを聞いて、俺は初めてそこにいた人物を認識《にんしき》し、思わずゲッとか言いそうになったのをすんでに飲み込み、解りきっていた言葉を吐《は》き出していた。

「……喜緑さん？」

「はい」

律儀《りちぎ》に彼女は応答し、上品にお辞儀《じぎ》をした。

声を聞くまでまったく目に入らなかった。その事実に俺は驚愕《きょうがく》を隠《かく》せない。まるで会長の影《かげ》に同化していたのが発声と同時に実体化したかのような、それほど突然《とつぜん》出現した印象を受ける。

SOS団依頼人《いらいにん》第一号にしてコンピ研部長の元彼女、今は生徒会書記職にある喜緑江美里《えみり》さんは、絵画に描《えが》かれた貴婦人のように微笑《ほほえ》み、ペコリと一礼する。あっけにとられたまま、つられて俺も頭を下げた。

……はあ、会長の気障《きざ》ったらしいポーズの原因はこれか。喜緑さんには本性《ほんしょう》を隠しているってことなのか。そんな必要ないと思うんだが。

それにしても、会長と書記がワンセットのようにして登場するのは、いったいどこから来た風習なんだろうな。少しは会計や副会長にもスポットを当ててやれよ。

「お望みとあらば、そうしよう」と会長はまた眼鏡を押さえる。「ただ、ウチの会計が何か言いたそうにしていたのは、そちらの文芸部部長についてだったがな」

それについては俺も古泉の伝《つて》で小耳に挟《はさ》んでいた。前年度、まだ春休み前にあった生徒会主導による各クラブの予算分配会議に関しての一件だ。部員一名とはいえ文芸部はれっきとしたクラブなので、その代表者もまたその会合に出席していた。それは誰かというと、当然ハルヒではなく長門有希である。ハルヒは最後まで代わりに出るか、長門についていくか、ともかくその場に行きたそうにしていたが、文芸部室を違《い》法占拠《ほうせんきょ》している当の首謀者《しゅぼうしゃ》がそんなところに出向いても場をいたずらに攪拌《かくはん》するのみであり、最悪、乱闘《らんとう》になりかねない。

むくれつつも俺と古泉の諫言《かんげん》を受け入れ、ハルヒは敵国に人質《ひとじち》を送り出す戦国武将のような面持ちで音もなく歩き去る長門の後ろ姿を見送った。

そしてまあ、一時間ほどして戻《もど》ってきた長門は、部員が最低人数しかいない休眠《きゅうみん》も同然の部活としては破格の部費をぶんどってきたのである。

いったいどんな手品を使ったのか、何が起こったのかは誰も解《わか》らなかったという噂《うわさ》だった。なんでも長門は、会議室のテーブルに静かに着席していただけで一言一句たりとも発せず、ただ生徒会会計の目をじっと見つめるのみだったそうだ。毎年のように紛糾《ふんきゅう》し長時間化するのが恒例《こうれい》の予算分配会議は、例外的に穏便《おんびん》に進行し何一つ荒《あ》れることなく終了《しゅうりょう》したと聞いている。

会長は自分の手柄《てがら》を誇《ほこ》るように、

「もっとも、会議とは名ばかりで、ほとんどは私と喜緑くんが作成した予算案に従ったものになったのだがな。にしてもだ。予想はしていたが、文芸部だけがイレギュラーだった。ああ、別に今さらとやかくは言わん。予算に応じた活動をしてくれたら私も文句はない。していなければ文句をつける。もう終わったことだ」

会長の口上をこぢんまりと聞いていた喜緑さんが不意に、

「それでは会長、わたしはこれで」

「ご苦労、喜緑くん」

喜緑さんは最後にまた俺たちに一礼し、新芽のような笑《え》みを投げかけてからグラウンド方面へ姿を消した。かすかに百合《ゆり》のような芳香《ほうこう》を残して。

この間、長門と喜緑さんの間に視線の応酬《おうしゅう》は一瞬《いっしゅん》たりともなかった。さすがは似たもの同士、言語に頼《たよ》らない会話方法を習得済なのかもしれない。長門が本からまったく顔を上げなかったせいもあるかな。

「本題といきたいところなんだが」

会長はするりと眼鏡《めがね》を外し、指先でぶらぶらさせながら、

「あの女がいないのに話を進めても仕方がない。いつ戻ってくる？」

まもなくでしょうよ。朝比奈さんの衣装《いしょう》チェンジにそう時間がかかるとは思えない。

「いいだろう。待たせてもらうことにしよう」

それにしてもこの会長、やけに様になっている。まるで三年前から会長をやっていたような風情《ふぜい》だぜ。

「我ながらな。生徒会の仕事など、面倒《めんどう》なだけだと思っていたんだが……」

会長はニヤリとし、やっと正体の片鱗《へんりん》を鉄面皮《てつめんぴ》から覗《のぞ》かせた。

「やってみるとこれが存外面白《おもしろ》い。教師どもや執行部《しっこう》の連中相手に会長を演じているとだ、」

パシンと片手で頰《ほお》を叩《たた》き、

「どっちが本当の俺だったか時々忘れそうになる。別人格になりきるってのも悪くはないな」

「ペルソナを被《かぶ》り続けるのは結構ですが」

ここでやっと、古泉が重たげに口を開いた。

「顔にはめた仮面に本体を乗っ取られないでくださいよ。ミイラ捕《と》りがミイラになったり、猫《ねこ》被りが猫になったりすることは往々にしてよくありますから」

「迷宮に取り残された盗掘者《とうくつしゃ》はミイラになどならん。ただ屍《しかばね》をさらすだけだ。そして猫の寿命《じゅみょう》は人間より短い」

会長は猛禽類《もうきんるい》的な笑みを見せ、眼鏡のレンズを袖《そで》で拭《ぬぐ》って再び鼻の上に戻した。

「心配するな、古泉。俺は上手《うま》くやるさ。ただし——」

眼鏡を掛《か》け終えた会長は、本人でもどっちが地だか解らないというのも納得《なっとく》の完璧《かんぺき》な生徒会会長へと変化し、

「あの脳内花畑女の首紐《くびひも》をつけておくのは、キミたちの役目だ」

会長が視線を向けるその先、部室棟《とう》の出入り口から姿を現したのは、春の到来《とうらい》を確信して喜び浮《う》かれる森の動物のごとき我が団長と、春の妖精《ようせい》が暖かな日差しとともに具現化したようなSOS団専属メイドのお姿だった。

ハルヒは片手に段ボール箱、もう片手に朝比奈さんを抱《かか》えて笑顔満開だったが、会長の姿を発見するや、解りやすいな、きりりと眉《まゆ》を吊《つ》り上げた。

「ちょっとちょっと！」

大股《おおまた》でずかずか歩くハルヒに腕《うで》をつかまれているため、朝比奈さんがあわあわとするのもかまわず、

「はっはーん、やっぱりね。思った通りだわ。あたしがいない時を狙《ねら》って来たわけね。でもおあいにく様。あたしたちは生徒会にイチャモンつけられるようなことを何一つしてないんだからね！」

いやぁ……それはどうかな。お前はいったい中庭で何をおっ始めるつもりなんだ。

「あ……会長さん」

コマドリのように目をパチクリさせる朝比奈さんがメイド衣装なのは別にいい。それは空き地にネコジャラシが生えているくらい見慣れたいつもの光景だからな。

「おいハルヒ、お前」と俺。「なんて格好してやがる」

さすがにそれは俺も初めて見るぞ。いつのまに用意してたんだ？

しかして、ハルヒは傲然《ごうぜん》と胸を張り、

「文句あんの？　チャイナドレスのどこに問題があるっていうのよ」

言葉の通り、ハルヒはスリットから伸《の》びる脚《あし》も目映《まばゆ》い、ラメ入りで昇《のぼ》り竜《りゅう》の刺繍《ししゅう》がデカデカと施《ほどこ》されたスカーレットレッドのロングドレスを身につけていた。おまけにノースリーブ。

登場と同時に雄叫《おたけ》びを上げるもんだから、すでに中庭にいた生徒どもの視線を独り占《じ》め状態だった。同じようにメイド朝比奈さんも衆人環視《かんし》のハメに陥《おちい》り、恥《は》ずかしそうにもじもじしている姿は、できれば俺の目用に寡占《かせん》化しておきたいところだ。独占禁止法など知ったことか。

「そりゃパーティ会場にいたら問題もなかろうが、ここは学校で、しかも大勢の新入生の前だぞ。少しは場をわきまえろよ」

常識論で諭《さと》しにかかる俺に対し、

「わきまえてるじゃない。だからこれにしたのよ。本当はバニーガールでいいかなって思ったんだけどさ、またうるさそうだしと思ってチャイナドレスにしたこのあたしの配慮《はいりょ》をありがたく受け取ることね！」

そう言ってハルヒは挑戦的《ちょうせん》に指を会長につきつけようとして、両手がふさがっていることに気づいたらしい。朝比奈さんを解放し、段ボールを俺の机にどすんと置いて手を払《はら》い、改めて指差しポーズ、

「ありがたく受け取ることね！」

言い直しやがった。

だが、会長もさるもので、

「そのような配慮は配慮と言わん。当然、学内の風紀を預かる生徒会長としては毅然《きぜん》として受け取るわけにはいかない。ところで五十歩百歩という言葉に聞き覚えはないかね。あるいは似たり寄ったりでもよいが」

「それが何よ？　ドングリの背比べって言いたいの？」

「いや。私としては未来への希望に満ちあふれて我が校に来た若人《わこうど》にいらぬ混乱を与《あた》えたくないだけだ。中でもいたいけな男子生徒の劣情《れつじょう》を催《もよお》すようなものは許し難《がた》い」

「劣情って何？　片腹痛いわ。いい？　制服だって体操着だって催すヤツはどうしたって催すのよ。あんた、あたしたちに素《す》っ裸《ぱだか》で授業受けさせる気？」

ヘリクツにもほどがある。果たして会長も、

「話にならん」と吐《は》き捨てる。

「いいじゃないの。生徒の自主性を重んじてもらいたいわね。放課後くらい、あたし

たちが着たい服は自分で選ぶわ。これで登下校するって言ってるんじゃないんだし、いいわよねえ？　ね、みくるちゃん」

「え、あ、はい。これで下校するのは、そのぅ」

朝比奈さんは小さくプルプルと首を横に振《ふ》り、ハルヒのチャイナさん姿をまぶしそうに見て、どこか羨《うらや》むようにほうっと息を吐《つ》いた。着たいのだろうか？

まあ、朝比奈さんとそろってバニーガール化し校門でビラをまいていた去年に比べたらムカデなみの進歩と言ってもいいだろう。肌《はだ》の露出範囲《ろしゅつはんい》が格段に狭《せま》いからな。しかしながら、新入生を相手にした行事で新二年生と三年生がコスプレしてんのはどうかと思うぜ。しかも何の意味もなさそうとあってはなおさらだ。

「意味ならあるわよ、ちゃんと。ほら、今だってすっごい目立ってるでしょ？」

だから目立つことにそもそもの意味がないと言ってるんだ。

ハルヒはまじまじと俺を見つめ、俺がクジラの浮上《ふじょう》気配を感じ取ったオキアミの心境になっていると、ぴょんと跳《は》ねるように黙々《もくもく》と読書中の長門の背後へと回った。

「キョン、あんた忘れてんじゃない？　あたしたちは何しにここに来ているんだっけ？　二秒で思い出しなさい」

えーと。

「はい終わり」

ハルヒは俺にコンマ五秒の時間しか与えず宣言し、顔の前で指を振り、その手を冷《れい》凍《とう》処理されたかのように不動の長門の肩《かた》に置いた。

「あたしたちはね、有希の手伝いに来てんのよ。決してSOS団の新入団員勧誘《かんゆう》のためじゃないわよ。そのへん、ちゃんと解《わか》ってなさいよね！」

と、会長に向けて言った。言及《げんきゅう》された長門本人はパラリとページを捲《めく》るのみ。

「ふむ」

ここでたじろいだりしないのが現会長の特性だ。眼鏡《めがね》のブリッジに人差し指で触《ふ》れてから、

「涼宮くん、つまりキミは文芸部に籍《せき》を置いていないにもかかわらず、文芸部の部員集めを買って出ているということかね」

解りやすく要約してくれて助かる。

「そうよ」

ハルヒはますます胸を反らし、今度は俺と古泉のいる机を指し示した。

「ほら、二人とも机を並べて座ってるだけで何もしてないでしょ。SOS団なんて書いた紙も貼《は》ってないし、春眠《しゅんみん》が暁《あかつき》を覚えないせいでキョンはいつもよりアホ面《づら》だし」

最後の文章は余計だろうよ。

「ほう」

「では涼宮くん。キミが持ってきたその箱に入っているプラカードと思《おぼ》しき物は何かね」

会長は顎《あご》を引いて眼鏡を意味なく光らせつつ、

「プラカードよ」

ハルヒは段ボールから突《つ》き出ていた棒の柄《え》を握《にぎ》りしめ、思い切りよく取り出した。白いペンキを塗《ぬ》られた木の棒の先に、これまた白く彩色《さいしき》されたベニヤ板が二枚張り合わされていて、そこにはハルヒの手によって『文芸部』と書いてあった。手頃《てごろ》な木の切り出し組み立てペンキ塗り他《ほか》の雑用が俺に回ってきていたのは言うまでもない。

「ほらほら、文芸部でしょ。みくるちゃんにこれ持って立っててもらうの。放《ほう》っておいたら有希は積極的で的確なアピールなんかしないからね」

これは本当だ。クラブ紹介《しょうかい》の時間は一年生の時間割に組み込まれていて、先日それはおこなわれたらしい。らしい、というのはそこにSOS団の介入《かいにゅう》する余地はなく、呼ばれる理屈《りくつ》もないため、招集されたのは文芸部部長、長門だけだ。講堂に集められた新入生の面々が体育座りする前の壇上《だんじょう》、そこで長門は割り当ての時間をめいっぱい消費し、世界各地の主要都市の気温を読み上げるような淡々《たんたん》としたニュース口調で『大脳生理学的見地から読み取る言語の不完全性と対話者間における意思伝達』というテーマの論文を発表し、文芸部のぶの字もでなかったのはもちろん、それ以前に序説が終わったあたりで一年生の半分は睡魔《すいま》にのっとられていたとかなんとか。その催《さい》眠術《みんじゅつ》じみた説法の最中、文芸部に入ろうと思っていた人間がいたとしても確実に忌避《きひ》したくなるような倦怠感《けんたいかん》が講堂を支配したという。長門有希恐《おそ》るべし。

だが長門はいっこうに気にしなかった。今日も放置しておけば部室にこもって読書を続けているだけだったろう。放っておかなかったのがハルヒである。

新入部員募集《ぼしゅう》イベントなんておいしい出来事を、ハルヒのツムジ付近に生えている見えざるセンサーが無視してのけるはずはない。

だが待てよ。繰《く》り返すがSOS団は正式には未認可《みにんか》であり、今なお秘密結社も同然の学内非合法組織である。公《おおやけ》に団員募集などできるわけはない。以前のハルヒなら堂々としてたかもしれんが、今年度からは生徒会長の目が生き生きと光っている。では、どうやったらこの日を楽しく遊べるだろう。

こうしてハルヒの頭上でレジスターが高らかに鳴り響《ひび》き、俺たちは急遽《きゅうきょ》文芸部ボランティアとなって春宵《しゅんしょう》一刻値《あたい》千金な花冷えの候、今日というこの日を中庭にてぼんやり過ごしている。

——と、いうのが表向きの話であるわけで、当たり前だが裏もある。

それは生徒会長にも容易に計算できる事態であったらしく、

「そのプラカード、裏面も見せてもらおうか」

「いいわよ」

ハルヒはニンマリと笑って、手首を返した。『文芸部』の裏側は——もちろんリバーシブルでも『文芸部』だ。SOS団なんて書いてあろうはずもない。

「準備万端《ばんたん》というわけか。まあよかろう。キミの言いぶんは一応だが論理に適《かな》っているところがないでもない」

会長は眼鏡のブリッジを押さえつつ、

「妥協《だきょう》は性分《しょうぶん》にあわんが、下手に騒《さわ》ぎを起こされるよりは格段にマシといえる。他の部の迷惑《めいわく》にならんよう、大人しく黙《だま》って日没《にちぼつ》までそこに突っ立っていてくれたまえ。私は視察でいそがしいのでな。強引《ごういん》な勧誘《かんゆう》、入部の強制は厳禁だ」

それは運動部に言うべきだな。しがない県立高校だ、どこも有望な部員不足に困っている。

「もっともだ。そうさせていただこう。最後に尋《たず》ねたい。文芸部の部員を募《つの》るのはいい。それで、部員が集まったらどうするのかね。場所を明け渡《わた》すのか？」

「あんたの知ったことじゃないわ」

上級生にタメ口以上なのは二年になっても変わらずのハルヒだった。ふん、とばかりに横向いたハルヒに、

「ふむ。それだけだ。では、またな」

会長猊下《げいか》はハルヒのチャイナドレスと朝比奈さんのメイド服をフィルムに焼き付け

んばかりの眼光でしばらく眺《なが》め、やがて悠然《ゆうぜん》と喜緑さんの後を追った。

何しに来たんだ。ハルヒに向かってするなと何度も言うのは、逆に「やれ」と言っているようなもんなんだぜ。ほらハルヒのヤツ、すでに上機嫌《じょうきげん》のあまり爆笑《ばくしょう》しそうな顔になってるじゃないか。

「うまくいったわね。ちょろいちょろい。ちょろろんよ」

会長が見えなくなるのを待っていたハルヒは、持っていたプラカードをがつんと地面に突き刺《さ》し、板に張ってあったベニヤをばりばりと引っぺがした。この工作に一枚嚙《か》んでいる俺は驚《おどろ》かない。あわれな『文芸部』の文字は単なる木屑《きくず》と化し、その二重となっていた板の奥から出てきた文字は疑いようもなく――。

ＳＯＳ団。

去年の五月――あれは何日だったたっけな――に結成された『世界を大いに盛り上げるための涼宮ハルヒの団』は、まだしばらく名称《めいしょう》を変更《へんこう》することなく健勝の運びになるようだ。

ハルヒの持参した段ボールの中身は手製のプラカードだけではなかった。

プラカードを朝比奈さんに押しつけたハルヒは、中華風《ちゅうかふう》ロングドレスの裾《すそ》をはためかせながら、奇術師《きじゅつし》のアシスタントであるかのように次々と物品を取り出していく。

まずは液晶《えきしょう》モニタ、次いでDVD再生機、各種コードやらケーブルやらアダプター類、そして最後に購買《こうばい》で入手したまっさらの大学ノートと筆記用具。

「さあ、設置設置」

と、ハルヒは俺をせっついた。

「これ、ちゃんと映るようにしなさい」

中庭にコンセントなどないが、電源の確保交渉《こうしょう》はハルヒが事前におこなっていた。ここで逆らっても無為《むい》の上に無益を重ねるだけだ。俺は言われるままにケーブルを携《たずさ》え、コンピ研ブースへと赴《おもむ》いた。

「すみませんが、電気貸してくれますかね」

「いいとも」

応じてくれたのは部長氏だった。どうやら今でも部長職に留《とど》まっているらしく、胸《むな》元《もと》の入館証みたいな手製のスタッフバッジにそう書いてある。

「まだ下の者が心許《もと》なくてね」と部長氏はなぜか自慢《じまん》げに、「一学期いっぱいは部長をしていることにしたんだ。いや一応部長候補は考えてある。これからじっくりと育て上げ――」

長くなりそうならまた今度にして欲しいね。この分だと、他《ほか》の部員はとっとと引退してくれたらいいのにと思ってるかもしれんな。

「あぁ、実はねえ」

部長氏はやや声をひそめ、手の甲《こう》で口元を隠《かく》して早口言葉のように、

「長門さんに兼部《けんぶ》してもらって、そのついでに部長もして欲しいところなんだ。僕の見た中で世界最強にコンピュータと相性のいい逸材《いつざい》だよ。どんな不具合もバグもシステムエラーまで長門さんがスイッチを入れるだけで魔法《まほう》のように消え失《う》せるんだ。たまに来たときにいじってもらうだけなんだが毎回が驚きの連続さ。彼女専用の自作パソコンがあるんだけど、瞬《また》く間にメーカー真っ青なオリジナル新型ＯＳの開発に成功してしまった。ところがいくらソースを見てもまったく未知のコードで彼女以外の誰にも扱《あつか》えない。これが試《ため》したすべてのハードのソフトを完璧《かんぺき》に動作させる驚異《きょうい》のコンパチスペックで、いったいどういう仕組みなのかと――」

そんな長々と俺に言われても、それが長門だとしか言いようがないな。個人的な依《い》頼《らい》なら本人に直接懇願《こんがん》してやってくれ。きっと教えてくれると思うぞ。ただし地球人には何ら理解できないような気がするが。

俺はケーブルの先端《せんたん》をプラプラと振《ふ》る。正しく察してくれた三年生にしてまだ現役の部長氏は、快く延長コードのソケットを貸してくれた。ハルヒによるコンピ研ＳＯＳ団第二支部化は着実に進行しているようで何よりだ。どこかで歯止めをかけないと、

地球の全大陸が砂漠化《さばくか》するより先に人類総SOS団員化が成し遂《と》げられるかもしれん。いくらなんでもホモ・サピエンスはそこまで馬鹿《ばか》になってないと信じたい。

ソケットにプラグを突《つ》き刺し、巻いていたケーブルを伸《の》ばしながら戻《もど》ってきた俺を、ハルヒはフリスビーを取ってきた犬を迎《むか》える主人の顔で出迎《でむか》えた。

ニコヤカなのはいいことさ。とりわけ古泉にとっては──と思って目をやってみたところ、自称《じしょう》エスパー少年はそれほど嬉《うれ》しそうにもしていなかった。机に肘《ひじ》をついて指を組み、口元を隠すように顎《あご》を乗《の》っけているその反応、何の思惑《おもわく》があってのことだ？　さり気なく横目で長門を見ているような様子も気にかかる。

なんだ？　SOS団所属の連中は順番に情緒《じょうちょ》が不安定になるという法則でもあるのか？　今度は古泉の番か？　勘弁《かんべん》しろよ。長門や朝比奈さんはともかく、お前だけは自分を見失ったりしないと確信してたのに。

古泉は俺の不審《ふしん》に気づいたか、ゆっくり視線をこちらに向けると目を細くした。安心させるように微笑《ほほえ》んだようでもあるが、どこか作り物めいた気配を感じる。

理数コースの九組にいたこいつは、そのままゴンドラに運ばれるようにクラスメイトまるごと二年九組になったはずだから、気にくわないヤツが紛《まぎ》れ込んだこともなかろう。

ハルヒはいつものように元気だし、古泉が気に病《や》む事態になっているとも思いがたい。『機関』とやらの上司にバイト代の減額でも申し渡《わた》されたのだろうか。だったら何よりじゃないか。お前がヒマなのは俺がヒマである以上に喜ばしいことだと思うんでね。

それか新学期早々、新一年生の女子たちから下駄箱《げたばこ》にラブリーな封筒《ふうとう》を投げ込まれて困惑《こんわく》しているんだとしたら、俺の同情する余地はシャミセンの抜《ぬ》け毛ほどに無用のものとなるぜ。なにしろ古泉は黙《だま》って立っていたら問答無用で異性の目を引きそうなツラをハルヒと並んでしていやがるからな。

「キョン、さあ早くこのテレビを映るようにしなさい」

ミス・チャイナ選手権最優秀《さいゆうしゅう》賞受賞者みたいなハルヒがプラカードを振り回しながら笑顔《えがお》で命令、唯々諾々《いいだくだく》と従う俺を手伝いに、古泉も腰《こし》を上げてやってきた。そのままDVD再生機と液晶《えきしょう》モニタを繋《つな》ぐコードをあれこれいじくり回している最中《さなか》、古泉は一見普通《ふつう》の微笑《びしょう》を浮《う》かべる一方で、だがしかし、俺に奇妙《きみょう》な印象を与《あた》え続けていた。

何でまた、俺にちらちらと微妙《びみょう》な視線を送ってくるのだ。残念ながら俺は長門と朝比奈さんのアイコンタクトは受け付けても男に見つめられて意図を理解するだけのスキルはないぜ。

AV機器を何とか正しく配線し終え、俺が投げやりな終了《しゅうりょう》報告をすると、ハルヒは魚群を発見した漁師のようによしよしとばかりにうなずいて、

「さってと」

箱を漁《あさ》ってディスクを一枚取り出した。嫌々《いやいや》のように口を開けた中古のプレイヤーに放《ほう》り込み、自分ちの呼び鈴《りん》を押すような気安さでプレイボタンに人差し指をあてがう。途端《とたん》、液晶モニタに胡乱《うろん》な映像が浮かび上がり、どっかで聴いたような音楽がスピーカーから雨漏《あまも》りのように染《し》み出した。

朝比奈さんがビクっと、

「あー……」

切なげな吐息《といき》を漏《も》らし、おずおずと画面から目を逸《そ》らす。そのいたいけな仕草にたちまち男気を喚起《かんき》された俺は、

「ハルヒ、あんまりボリュームを上げんな。会長が聞きつけてまた戻ってくるぞ」

「かまやしないわ。あたしはあんな奴《やつ》ちっとも気にしてないから」

してやれ。

「なんならここで公開討論会をしてもいいくらいよ」

それはするな。

「もうっ、うるさいわねバカキョン」

ハルヒは目と口を逆正三角形にするという器用な表情を作り、

「あんたと古泉くんはここで待っててくれたらいいわ。後はあたしとみくるちゃんで

何とかするから」

朝比奈さんの腰に手を回し、ぐっと引き寄せつつ、ニマァと笑う。

「ひゃぁ」と朝比奈さんはへっぴり腰。

ハルヒはメイド姿の新三年生に頰《ほお》ずりしながら俺をギロリと睨《にら》んだ。

「いい？　面白《おもしろ》そうなのが寄ってきたら確保して名前とクラスをメモってからリリースしなさい。それからウチは映研じゃないから、そっち志望者は追い払《はら》っといて。いいわね！」

一方的に申しつけると、ハルヒは朝比奈さんを強引《ごういん》すぎるエスコートでもって引きずりつつ、中庭周遊の旅に出た。

「やれやれ」

俺は肩《かた》をすくめてSOS団プラカードを地から抜き放《はな》ち、椅子《いす》の後ろに隠《かく》してから、モニタが解像度の限りを無駄《むだ》に尽《つ》くして映しているシロモノを眺《なが》めた。

すなわち、『長門ユキの逆襲《ぎやくしゆう》Episode 00　予告編』なる、電力と機材とデジタルデータを無駄に消費しているとしか思えない短編映像を。

新学年新学期の前には春休みなる長くもない休暇《きゆうか》期間があったわけだが、当然の振《ふ》る舞《ま》いとしてハルヒが新年度の訪《おとず》れをただ座して待っているわけはなかった。

たぶん、球技大会と阪中《さかなか》の犬事件が終わったあたりから着々と計画を練っていたのだろう。夏や冬と比べて課題の少ない春休みこそ、まったり過ごすにうってつけの期間だというのに、SOS団団員はほぼ毎日のように召喚《しょうかん》されて、ハルヒが思いつきのように指差す先の場所へとトマホークミサイルのように巡航《じゅんこう》することになったのである。

いろいろ行ったぞ。アンティークショップ巡《めぐ》りやらフリーマーケットの下見やら、その帰り道に阪中家を訪問してルソーのご機嫌《きげん》をうかがったり、それから鶴屋家の広大な庭で開催《かいさい》された大花見大会に招待されたり、ああ、あれは楽しかったな。鶴屋さんが指をパチンと鳴らしただけで母屋《おもや》から山のような宴会《えんかい》料理が続々運び込まれてきた時にはたまげたが。

とにかくハルヒは呼ばれたところには必ず行き、呼ばれていないところへも乗り込んで、初春の大気を力いっぱい吸いながら俺たちを東奔西走《とうほんせいそう》させた。なぜ途中《とちゅう》で息切れしないのか不思議でならない。

その中で、とりわけハルヒが熱意を注いだのは去年の文化祭で上映した『朝比奈ミクルの冒険《ぼうけん》 Episode 00』の続編だ。サブタイと思ってたほうが本タイトルだったことにも驚《おどろ》き打たれたが、来年度の文化祭に向けての活動を二年になる前から本当に準備しようなどと気の早いことを企《たくら》むとは思わなかったよ。

　こうして再びメガホンを取ったハルヒは新調した腕章《わんしょう》を装着すると、部室の片隅《かたすみ》に眠《ねむ》っていたビデオカメラを俺に押しつけるや否《いな》や、おもむろに朝比奈さんを剝《む》き始めた。俺と古泉、即座《そくざ》に回れ右。

　タイトルロールを飾《かざ》っている人物こそ長門ユキだが、主人公は引き続き朝比奈ミクルが務めるらしく（主人公は古泉イツキじゃなかったっけ？）、ところでミクルの正体は未来から来た戦うウェイトレスなのであるから、朝比奈さんがまたしてもあのセクハラな衣装《いしょう》を身にまとうのはハルヒ監督《かんとく》的には最早《もはや》必然の流れだ。これまた制服姿に鍔広《つばひろ》トンガリ帽子《ぼうし》と黒マントを装着した長門は星マーク付き指し棒を持たされ、古泉はレフ板を持たされた。

　なんとも都合のいいことに、春なら桜が咲《さ》いているから前回の続きにすんなり入れるってわけだ。一年の間に二回も咲かされた川沿いの桜たちには同情を禁じ得ない。

　しかしなぜ「予告編」なのか、春休みなのに俺たちを部室に集合させたハルヒはこう切り出した。

「あんた、予告編に騙《だま》されたことってある？」

　何の詐欺《さぎ》行為《こうい》だ、と問い返す俺にハルヒは、

「映画の予告編よ。よくテレビとか劇場で別の映画の直前とかに流れてるでしょ？　それ観《み》てさ、うわっ面白そうって思ったりするじゃない。で、その面白そうな映画を

ワクワクしながら観に行ったら、これが全然スカみたいな映画なのよ。たとえばね、」

たとえなくてもいいのだが、ハルヒは俺でも知ってる昔の洋画のタイトルを口にして、

「これなんか予告見る限りではメチャメチャ楽しそうで笑えそうな映画だったのよ。実際、コマーシャルだけで、あたし、何度か笑っちゃったもん。だからね、封切《ふうき》りと同時に小躍《こおど》りしながら観に行ったわ」

と、ハルヒはオーバーアクション気味に首を振り、

「もうまったく面白《おもしろ》くなかったわ。なんでならね、その映画の中で面白かったシーンを全部抜《ぬ》き出して繋《つな》いだのが、まさにその予告編だったわけ。面白いところだけを、もう映画が始まる前から知ってて、おまけに面白いシーンがそれだけしかなかったのよ。どう思う？」

俺に言われてもな。その手のクレームは配給会社に電話でもしてやってくれ。きっと予告編担当部門とかがあって、そこの社員が優秀《ゆうしゅう》なんだろう。

「いくら宣伝のためとは言え、良いところを全部出して編集するのはどうかと思ったわ。だからね、キョン！」

ハルヒは例のキラキラ輝《かがや》く天の川銀河を閉じこめたような瞳《ひとみ》で、

「先に予告編だけ作ってて、本編はそれから考えるのよ！　予告用のショートムービーならいくらでも面白くできるわ。だってオチとかいらないし、見せ場だけ用意すれ

ばいいんだからね。と、いうわけよ」

そういうわけなので、本編も存在しないのにその予告編を作ることになったのである。ハルヒも二作目をどんな話にするか考えていなかったのだ。しかし、その映像を新入団員勧誘《かんゆう》のエサの一つにするつもりでいた。でも肝心《かんじん》の本編がない。どうしよう。うーん。そうだ、じゃあ予告編を撮《と》ろう！

なんちゅう直球な思考回路だ。まだ『朝比奈ミクルの冒険 Episode 00』をＤＶＤに焼き増しして売りさばく野望を捨てていないとみえる。前作のダイジェスト版でも編集して流せばいいのに、チラッとでも見せたら損だと思っているようだ。あるいは観たければ入団せよと言うつもりか。あんなん通して観ても頭痛がするだけだぞ。朝比奈さんのＰＶとしては百二十点だが……。

俺は野外にわざわざ持ってきたモニタをチラ見しながら、もとの椅子《いす》に尻《しり》を戻《もど》した。

画面がしぶしぶのように上映しているのは、パロディと言えば聞こえがいいが、要するに色んなところからパクってきたシーンのオンパレードだ。

蛍光灯《けいこうとう》みたいなボンヤリ光る棒を構えたイツキに、ユキが脈絡《みゃくらく》もなく「わたしはあなたの母」とか言い出したり、いきなりユキが眼鏡《めがね》をかけている状態では一般人《いっぱんじん》だが外すとやにわにコスチュームチェンジして空を飛んだり、黒い棺桶《かんおけ》をゴトゴトと引きずって荒野《こうや》を歩いていたり、いよいよネタ切れに陥《おちい》ったかシャミセンとミクルの人格が唐突《とうとつ》に入れ替《か》わって朝比奈さんはずっと「にゃ、にゃあ」を連呼するばかりであったり、そのシャミセンの声はハルヒのアテレコで、もちろん口の動きがセリフと全然合っていなかったり、というか、シャミセンは口を開いてさえいなかったり——などなど、一見みどころがありそうで実はまったくストーリーになっていないシーンのドミノ倒《たお》し、次々様々に舞《ぶ》台《たい》も演者も変わるのに、やたらとテンポが悪いのはカット割りがノーセンスなせいだ。とどめに特撮《とくさつ》シーンはわざとかというくらいにショボく、気まぐれに挿入《そうにゅう》される音楽はもうはっきり騒音《そうおん》の域に達していた。

出演する必要もないのに、和服を着た鶴屋さんが日本家屋庭先の桜並木をバックに気前よく「のわっはっはっはっ」と笑い、なぜかついてきていた俺の妹とシャミセンが戯《たわむ》れているところに至っては単なるホームビデオレベルである。ことのついでとばかりに花見の時に意味なくカメラを回していただけだからな。バカ映画の風上にもおけないこの単なるゴミ映像集、見直すまでもなく確実に一作目より悪化している。ウェイトレスルックの朝比奈さんが飛んだり跳《は》ねたりするあたりは、さすがに朝比奈みくるプロモーションとしては成功していたが、だいたいこれが映画の予告編であると何人が気づくであろう。ラストに入るハルヒのナレーション、「長門ユキの逆襲《ぎゃくしゅう》、今秋文化祭にて一斉《いっせい》公開堂々上映予定！」という雄叫《おたけ》びを除けば。

一つ訊《き》いていいか？　前作で宇宙の彼方《かなた》に飛ばされたユキはどうやって、また地球に戻ってきたのだ？

「それはこれから考えるわよ。新たな敵もね！」とハルヒ超監督《ちょうかんとく》はのたもうた。

つまるところ、まだ考えていないのだ。見切り発車を超越《ちょうえつ》し、これではほとんど詐欺《さぎ》フィルムである。こんなもん観《み》て興味をもってやってくる新一年生など、こちらから願い下げだ。

ハルヒのチャイナ姿や朝比奈さんメイドに目を眩《くら》ませられる凡人《ぼんじん》どもにもな。

かくして、中庭をうろつく一年生たちも中坊《ぼう》を脱《だっ》して義務教育を離《はな》れた身分になっているのは制度上の問題のみではないらしく、俺と古泉が雁首《がんくび》並べて冴《さ》えない表情をしている机を遠巻きにするだけで、寄ってこようとはしない。

キミたちの判断は沈没船《ちんぼっせん》からいち早く脱出《だっしゅつ》しようとするネズミのごとき賢明《けんめい》さだ。

健康的でまともな高校生活がどれほど幸せなことなのか、ここに溢《あふ》れている若人《わこうど》どもは知るまい。だが俺は知っているので忠告するにいささかもやぶさかではないんである。この年頃《としごろ》の一年の差はアゲハチョウの幼虫の四齢《れい》と五齢くらいの違《ちが》いがある。たとえ遊び半分でも、地雷原《じらい》疑惑《ぎわく》のある草原を歩いてはいけないのさ。人間、分別が肝心だ。

「…………」

俺はハルヒ企画《きかく》による駄《だ》映像のボリュームを落とし、また横を向いた。

長門が省電力中のノートパソコンのようにスタンバイしている机にも他《ほか》に人影《ひとかげ》はない。ハルヒに代わって喜ぶべきかどうか迷うところだが、創作的な文芸活動に興味のある一年生は未《いま》だ登場せずか。

文芸部が昨年度にやった唯一《ゆいいつ》の活動、古泉の操作で会長がたくらみ、まんまとノセられたハルヒが指揮をふるって俺たちに作成させたあの会誌は、うっかりほぼすべてを無料配布してしまったせいで残部がゼロになっており、長門の着いている机に置かれている一冊がサンプルとして閲覧《えつらん》可能になっているのみだ。俺も含《ふく》めて寄稿《きこう》した連中には見本で一部ずつ配られていたが、せっかくもらった物を拠出《きょしゅつ》する気になれなかったのは全員が等しく抱《いだ》く心意気だったようで、誰も手放そうとはしなかった。谷口なんかあんだけブウブウ言ってたのにな。

よって新たに誰かが会誌を読もうとしたら、いつもは部室の長門文庫の中にあるそのサンプルを手に取るくらいしかない。

「…………」

飽《あ》くなき探求心を手元の書物に向けている長門をぼんやりと眺《なが》めていると、長門はゆっくり顔を上げ、無色透明《とうめい》な光を持つ瞳《ひとみ》を俺に向けた。あまりにも自然な動きだったため、しばらく目が合っていることにも気づかなかった俺が我に返ったタイミングで、

「ねこ」

その微風《そよかぜ》のような声が、長門の唇《くちびる》からこぼれたものだと察するにも一秒ほどの時間がかかった。俺は長門の定規のように真《ま》っ直《す》ぐな視線を受け止めつつ、

「猫《ねこ》が何だって？」

「どう」

「どう、とは？」

長門は少し考え込むようにしてから、ただし頭の位置をまったく変えず、

「どう？」

さっきのセリフがわずかに疑問形になっただけだが、了解《りょうかい》した。

「シャミセンのことか」

小さめの頭がこくりと傾《かたむ》く。

「そう」

「元気でやってるよ。今んとこ、喋《しゃべ》り出す気配はない」

「そう」

それだけ言って、長門はまた読書に戻《もど》る。

我が家の聞き分けのいい三毛猫を心配してくれていたのか。確かに得体の知れないナントカいう、ええと、もう一度言ってくれないと思い出せない名称《めいしょう》を持つ共生体な

るものの宿主になっちまってるシャミセンをそうしたのは長門だしな。

とりあえずアレ以降、我が家の飼《か》い猫はエサの食い過ぎと運動不足で少し重めになった以外に変化はない。存分に猫的生活を謳歌《おうか》すること、ハルヒが拾って俺に押しつけて以来そのままだ。

空煙《けむ》り猫肥ゆる春、という時候の挨拶《あいさつ》を思いついたがどうだろうか。俺も春休みには猫みたいにぐうたらしていたかったぜ。

「実に慌《あわ》ただしい春休みでしたね」

古泉が慨嘆《がいたん》口調で呟《つぶや》いた。

視線を虚空《こくう》に泳がせていたので、独り言かと思って俺が流していると、

「そう思いませんか？」

尋《たず》ねてから、こちらへ向き直った古泉の表情に浮《う》かぶ笑《え》みは、俺の目がどうかしたのか、どこか疲《つか》れて見えた。

古泉は前髪《まえがみ》を緩慢《かんまん》に弾《はじ》きつつ、

「どうもしていません。あなたの目は正常です。そうですね、僕はやや疲労《ひろう》気味です」

そりゃハルヒに付き合っていれば大抵《たいてい》の正常な人間なら疲れもするさ。

「一般《いっぱん》的な意味ではありません。僕の正体と任務を覚えていますか？　僕が何のためにここにいるのか、という根本的な理由です」

最初はハルヒの監視《かんし》で、今では太鼓《たいこ》持ちだろ？

「失礼ですが、僕が超《ちょう》能力者であることをお忘れではないでしょうね。そして、僕の能力がいつ、どこで、誰が、どのような状態のときに発揮されるのか、ということもです」

散々聞かされたから覚えているさ。お前の正体告白を聞いたのは長門と朝比奈さんのそれの後だ。いわばSOS団団員中で最も新しい情報と言える。

「それはよかった。話が早くすみます」

古泉はわざとらしく安堵《あんど》したような息を吐《つ》き、声をひそめて、

「実はここのところ睡眠《すいみん》不足が続いていましてね。深夜や明け方に目が覚める日常が続いています。否応《いやおう》なしにです。そのせいでどうも調子が回復しないのですよ」

夜眠《ねむ》れないなら昼学校で寝《ね》ろ。授業中の五分間の睡眠は通常の眠りの一時間に相当するという話だぜ。

「別に不眠症《ふみんしょう》にかかっているわけではないのでね。それに、問題は僕の内にはないんです。もうお気づきのはずですよ。お互《たが》い、知らない仲ではないのですから、回りくどく韜晦《とうかい》するのは違《ちが》う話題のときにしましょう」

古泉の細めた目に潜《ひそ》む眼光は珍《めずら》しく真剣《しんけん》だった。いつもはお前の話しぶりのほうがよほど回りくどかろうに、少しは人のふり見て我が身を直す気分になったか。しょう

がないな。知らない仲ではないというのは真実だ。長門や朝比奈さんと比べたら、もう一つ信用には足らんヤツだが。

「閉鎖空間《へいさ》と《神人《しんじん》》か」

古泉の超能力とやらが発揮されるのは大体そこだ。

「ご名答。ここのところ出現頻度《ひんど》が高まっているんです。春休み以降から、今日に至るまでね。正確には春休みの最終日からですが、おかげで僕のアルバイトはここ連続して時間を選ばず、二十四時間態勢シフトに入っているというわけです」

自嘲《じちょう》するような吐息《といき》を漏《も》らし、

「慣れていたつもりだったんですよ。《神人》退治は僕たちの日常茶飯事《さはんじ》でしたからね。義務だったとも言えます。しかし、この一年ですっかり鈍《にぶ》ってしまったようですね。昨年の涼宮さん、SOS団結成後の彼女は、それ以前に比して飛躍《ひやく》的に精神を安定させていましたから。あなたが涼宮さんとあそこから戻ってきた以降は特にね」

発生頻度が減少してるってのは、そういえばクリスマス前に聞いたな。まだイブを迎《むか》える以前、俺が谷口の彼女できた自慢《じまん》を聞いたあたりに。

その代わりに別のヤツが、もっととんでもないことをしたりしたが……。

「いや、ちょい待て」

俺は不条理な気分を味わいつつ、

「古泉、お前、さっきのハルヒを見なかったのか。この上なく上機嫌《じょうきげん》だったじゃねえか。物理的に地に足がついてないんじゃないかと思ったぜ。あいつの上靴《うわぐつ》には羽が生えてんじゃねえか？　それにだ、あのトンチキな異空間と青い巨人《きょじん》は、あいつがストレスを抱《かか》えたり行き詰《づ》まってクサったら出るもんなんだろ。ハルヒがあんだけ走り回ってて退屈《たいくつ》そうでもないのに、それじゃ理屈にあわねーぞ」

「確かに僕の目にも涼宮さんは元気いっぱいに見えますね。ヒマを持て余しているわけでもない。ここで一つ、春休みの最後の日に起きた出来事について思い出していただきたいのです」

今までずっとこ回想してたんだが。

「思い当たるフシがないと？　そんなはずはありませんね。だとしたら、まだ思い出すことは残っていることになります。しかもとびきり重要なことをね」

古泉は肩《かた》をすくめ、マヌケな解答者に最終ヒントを出す司会者のような口ぶりで、

「春休み最後の日です。涼宮さんの無意識レベルの変化が起こったのはその日からですよ。さて、何がありました？」

また無意識かよ。ハルヒの無意識と古泉のエセ精神医学的ハッタリにはいつも悩《なや》まされるが……。

「フリーマーケットに行った日だろ。ハルヒが今度はフリマに参加したいと言い出し

て、その下見に電車にまで乗って隣《となり》の隣の市まで——」

「電車に乗る前ですよ。僕が指摘《してき》したいことは」

いちいちうるさいな。

俺は目を閉じ、またもや回想の海へと漕《こ》ぎ出《い》でた。


ハルヒがバザールだかフリマがどうとか言い出したのは、春休みに入ってそうそう、映画第二弾《だいにだん》予告編撮影《さつえい》準備中の部室でのことだった。

朝比奈さんをウェイトレス姿に着替《きが》えさせ、長門に占《うらな》い師《し》兼魔《けんま》法使《ほうつか》い用帽子《ぼうし》とマントを着用させてクランクインキャンペーンよろしくメイン二人を並ばせた前で、ハルヒは黄色いメガホン片手に立ちふさがりつつ、部室を自主的に追い出されていてようやく戻《もど》ってきた俺と古泉を振《ふ》り仰《あお》いで言った。

「この部屋、ちょっとモノが増えすぎたと思わない？　捜したんだけど、この前作った監督《かんとく》の腕章《わんしょう》がどっかにいっちゃってたのよ。他《ほか》の荷物に紛《まぎ》れてるだけかもしんないけど、そろそろ備品を整理する頃合《ころあ》いかしら」

いらんもんをカラスのようにどっかから拾ってくるのは主にお前だろうよ。長門は本だし、朝比奈さんは茶器か茶葉、古泉はロートルなゲーム各種だけで、かさばる物の大方はハルヒが持ち込んできたものに限定されている。

ハルヒはどっかりと団長専用椅子《いす》に腰《こし》を下ろし、

「あたしさ、イベント告知のチラシとか配ってたら絶対もらってくることにしてんのね。で、ちょっと前にこれもらったの忘れてたわけ」

机の中から紙切れを取り出す。

「フリーマーケットのお知らせよ。ちょっと遠いけど、特急に乗れば十五分くらいのところだわ。できれば今すぐ応募《おうぼ》したかったのよね。でも今あたしたち色々いそがしいし、申し込みの審査《しんさ》にも時間かかるみたいだし」

俺たちがいそがしいのはハルヒがそうしたがっているだけだからなのだが。

ハルヒがひらひらさせているチラシを受け取り、俺は自分の椅子に座った。フリーマーケットね。この時期だから在庫一掃《いっそう》処分セールみたいなものか。

俺がハルヒに新たな出がけ先を入れ知恵《ぢえ》したペーパーを睨《にら》んでいると、

「お茶です」

目の前のテーブルに、コトリと俺の湯飲みが置かれた。

素晴《すば》らしきかな朝比奈さん。映画用ウェイトレススタイルでもお茶くみを決して忘れないその慎《つつ》ましやかな笑顔《えがお》と優《やさ》しさに俺は涙腺《るいせん》が緩《ゆる》みそうになる。メイドではなくウェイトレス姿で給仕されるのも新鮮《しんせん》でいい……って、本来こっちの仕事のほうが格好には合っているんだよな。普通《ふつう》、ウェイトレスは宇宙人と格闘《かくとう》したりはしない。

「うふ。この衣装《いしょう》も、その、外に出ないのなら可愛《かわい》くていいんだけど」

朝比奈さんはスカートの裾《すそ》を気にするように脚《あし》を合わせてから、嬉《うれ》しそうに盆《ぼん》を抱《だ》き、また急須《きゅうす》と湯飲みの元へパタパタと小走り。そのまま全員分のお茶を淹《い》れて配って回った。全校の朝比奈ファン垂涎《すいぜん》、彼女の小間使い姿を見ることができるのは世界広しといえども文芸部室だけである。ついでに、魔女ルックで読書にふける長門を目に納められるのもな。一応写真に撮《と》っておきたい光景だ。

俺が目と喉《のど》の渇《かわ》きを存分に癒《いや》す作業に没頭《ぼっとう》していたところ、

「ちょっとキョン！」

五秒でお茶を飲み終えたハルヒが、湯飲みを音高く机に置いて立ち上がった。本当にいそがしいヤツだ。

「今回は無理だけど、次はあたしたちも商品を持って参加するわよ。いまのうちに家の押し入れを漁《あさ》って、高く売れそうな要《い》らない物を用意しておきなさい。何かあるでしょ？　もう使わないのに捨てられなくて死蔵されてるコレクションとか、もらったのはいいけど封《ふう》も開けていない贈答品《ぞうとうひん》とか」

ガキの頃《ころ》雑誌の懸賞《けんしょう》で当たった、観たこともないアニメロボのプラモ一式とかでいいのか？　大量に送ってくれたものの、組み立てるのが面倒《めんどう》でそのまま放《ほう》りっぱになってる。

「そういうのでいいのよ」

ハルヒは俺の手からフリーペーパーをひったくるように取り戻し、丁寧《ていねい》にたたみつつ、

「プラモデル？　それだってあんたに作られるより上手な人の手に渡《わた》るのが幸せに思うわよ、きっと」

ガキ向けの難易度低いプラモより、コンピ研から戦利品としてせしめたノートパソコンを出品してはどうだい。高く売れるぜ。

「それは大切な備品よ。そろそろコンピ研を呼んでアップグレードさせなきゃね」

次にハルヒの矛先《ほこさき》は、湯飲みを両手でもってふうふうと息を吹《ふ》きかけている朝比奈さんに向いた。

「みくるちゃんとこにもいっぱいありそうね。着古した服とか無駄《むだ》に集めた食器とか。しょっちゅう買い物行ってるみたいだし」

「あ、ええと」

朝比奈さんは麗《うるわ》しい目を見開いて、

「そ、そうですね。ついつい可愛くて買っちゃうんです。けど、着てみたら似合わなかったり、変なテイストだったり……。えと、どうして解るんですかぁ？」

「一発で解るわよ。だってみくるちゃん、店先を一緒《いっしょ》に歩いているときキラキラした

目で『今度これ買いに来よう』ってトランペットを欲しがる子供みたいな電波を出してるもの。よくお小遣《こづか》いが保《も》つわね」

ぎくっとする朝比奈さんだったが、ハルヒは早くも別人へと槍先《やりさき》の方向を変え、

「有希んちには本がたくさんありそうね。フリマで古本市を開いたらいいわ。この部室の本棚《ほんだな》ももうギュウギュウ詰《づ》めだしさ。床《ゆか》だって、ほら。もう抜《ぬ》けそうよ」

「…………」

長門はゆっくりと首をねじってハルヒを見、さらにねじって本棚を眺《なが》め、おまけに俺を一瞥《いちべつ》して読書に戻《もど》った。

長門が自分の蔵書を手放すとは思えないし、それに長門の家には本がたくさんあるんじゃなくて、たくさんの本しかないと言うべきではないかと頭で単語の入れ替《か》えを試みている俺に、

「キョン、そんときにはカートを持って有希のところまで取りに行くのよ。箱詰めの手伝いもね」

長門は再び首をひねって俺を注視し、俺はその目に浮《う》かぶメッセージを幻視《げんし》する感覚に襲《おそ》われた。あれはいつだっけ。ああ、中河《なかがわ》のバカからアホな電話があった頃合《ころあ》いだから冬休み中だな。部室の年末大掃除《おおそうじ》にて、長門は本棚に溢《あふ》れる本の処分についで完全ノーコメントを貫《つらぬ》いていた。家の自室に置いてある本だって一冊たりとも失いた

くないはずさ。

「そうですねえ」と古泉が湯飲み片手に、「せっかく持ってきても対戦相手がなかなか見つからないゲームばかりですしね。この際、僕のコレクションから外してもいいかもしれません」

苦笑いみたいな表情を俺に向けるのは遠慮《えんりょ》してもらいたい。

ハルヒはせわしなく団長机に飛び乗るようにして座ると、

「そういうわけでみんな、春休み最終日の予定は空けておくのよ。フリマの下見に行くからね。ついでに面白《おもしろ》そうな物があったら部費で買っちゃいましょ」

その部費がＳＯＳ団のものではなく、文芸部の割り当て分であるのは言うまでもない。

――てな感じで。

わざわざ学校がしばらく遊んでていいぞ、と門を閉ざしている休暇《きゅうか》中だっていうのに、ハルヒ率いるＳＯＳ団は午前中いっぱいを惰眠《だみん》で過ごす時間を与《あた》えられることはなく、あちらこちらをウロウロした春休みの最後の日も、すっかり集合場所として定着した駅前に向かう次第《しだい》となった……。

「ようやくそこに辿《たど》り着いてくれましたか。もしやあなたの記憶《きおく》から抹消《まっしょう》されているのではないかと不安だったんですよ」

あの日のことを俺のメモリーから消去して誰が得するんだ。

「損得勘定《かんじょう》では推し量れないことですが、できるものなら僕が消したかったですね」

おかしなことを言う。古泉に記憶操作されるいわれなどまったくない。だいたい、そんなことができるのなら、まずまっさきにハルヒの頭をどうにかしろよ。

「おっしゃるとおりです」

そんな悩《なや》ましげに言うな。だいたい、ハルヒのことで頭を悩ますなんて人生の無駄《むだ》遣《づか》いだぜ。

「そうはいきません。涼宮さんの悩みは、僕の悩みでもありますからね」

古泉は小さく降参するように手を広げ、俺は回想に戻った。


フリーマーケット当日の朝、俺は目覚まし時計の雄叫《おたけ》びに従ってベッドを抜け出した。後ろ髪《がみ》引かれるとはまさにこのことだ。暖かい寝床《ねどこ》を後にして自分だけ起きるのもシャクだったが、心地よさそうに朝寝を貪《むさぼ》るシャミセンの寝顔を見ていると毛布の中から引っ張り出すのが気の毒に思えてならず、俺は孤独《こどく》に一人で階下へ降りていった。

台所を覗《のぞ》くと、

「あっ、キョンくん。おあよーう。ヒャミはーぁ？」

妹が焼いたパンを口に詰め込みながら訊《き》いてきた。

俺は冷蔵庫を開けて麦茶のボトルを出し、コップについで一息で飲み干してから、

「寝てる」

「キョンくんのパンも焼く？　あ、目玉焼きあるよ。みずやの中ー」

「頼《たの》む」

と俺は言い残し、洗面台に行く。戻ってくると、妹は食パンをトースターに突《つ》っ込み、ハムエッグの載《の》った皿を電子レンジに入れているところだった。特にかいがいしいというわけではなく、ただこの手の操作をするのが面白いと思っているだけである。

ちなみに明日付で小学六年生十一歳となる予定の妹の本日の予定は、ミヨキチの家にお呼ばれして夜まで帰ってこないというものになっていた。今もさっそく妹なりにおめかししたよそ行きの格好で、到底《とうてい》同い年同学年と思えない姿形をした友人が迎《むか》えに来るのを待っている。

ところでそのミヨキチだが、三日ほど前、道でバッタリ顔を合わせたときには驚《おどろ》いたね、少ししか目を離《はな》していなかったはずなのに、わずかの期間でますます美人な成長ぶりに磨《みが》きがかかって俺の妹と並んで歩いていたらこれがもう五人姉妹の長女と末っ子にしか見えない。いったい何を食わせたらここまで違《ちが》う具合になるのであろう。

いや本当に、ミヨキチが妹だったら俺の部屋に勝手に来て無断で物を持っていったりしないだろうし、朝はもう少し上品な起こし方をしてくれるだろうし、触《さわ》り倒《たお》されて逃《に》げるシャミセンをドタドタと追いかけることもなさそうだし、なぜ俺はミヨキチの兄として生まれなかったのか考えれば考えるほど——

「自慢《じまん》の彼女の話はけっこうです」

古泉は目の前に落ちてきた桜の花弁を摘《つま》み上げつつ、いやにキッパリと言った。

「吉村美代子《よしむらみよこ》さんを妹に持つ者は幸いかもしれません。違う方向から見ると、あなたの妹さんにも充分《じゅうぶん》な素質があるという意見も出るでしょう。しかしながら、今は別人に関してもっと詳細《しょうさい》をお伝えいただけますか？　とりあえず、自宅を出てから集合場所に辿り着くまでの話をね」

あんまりな言いぐさだな。お前はミヨキチの実物を目《ま》の当たりにしていないから冷《れい》淡《たん》でいられるんだ。

まあいい。高校一年生春期休暇《きゅうか》最後の日の俺的回顧《かいこ》録《ろく》をそんなに聞きたいのなら、先を急いでやるさ。しかし古泉、そこにはお前も登場人物として出てくるんだぜ。何があったかなんて解《わか》ってるはずじゃないか。

「自分のことに興味はありませんね」

古泉は指先で花びらをもてあそびながら、

「僕の関心対象はそこにはない。強《し》いて言うなら、あなたの目を通した自分の姿がどう映っているのか気になるくらいですが、やはり些末《さまつ》なことに過ぎません」

薄《うす》ピンクの花を弾《はじ》いて捨てた。

「続きを」

いつものように、俺は自転車に乗って駅前まで飛ばしたさ。

SOS団集合ルールその一、最後に来た者が全員に奢《おご》るという縛《しば》りはいまだに生きていて、俺は俺以外の者に奢られたことはまだない。たまには饗応《きようおう》される側、特にハルヒにそうされたいという思惑《おもわく》が俺の脚《あし》を叱咤《しった》激励《げきれい》するのもいつものことだが、どういうわけか狙《ねら》ったようにハルヒは俺のほんの少し前に到着《とうちやく》するようで、あいつ、どっかに隠《かく》れて俺の様子を監視《かんし》してるんじゃないだろうな。

というようなことを思いつつ、駅前線路沿いで駐輪場《ちゆうりんじよう》の空きスペースを探していた俺の背中に、声がかけられた。

「やぁ、キョン」

いだろう。

それは不意打ちに近かった。なんせすぐ背後から声がしたんだ。ぼんやりと自転車を押していた俺が、一瞬《いっしゅん》両の足裏を地面から飛び上がらせてしまったのも、無理はないだろう。

「うわ」

反射的に振《ふ》り返り、声の主を見て取った俺は、思い出すより先に口を開いていた。

「なんだ、佐々木《ささき》か」

「なんだとは、とんだご挨拶《あいさつ》だ。ずいぶん久しぶりなのに」

佐々木も自転車のハンドルに手をかけて立っている。その顔には言葉と裏腹に、どこか柔《やわ》らかい皮肉に包まれた微笑《びしょう》が浮《う》いていた。

「キョン、そう言えばこの前、須藤《すどう》から電話があったよ。なにやら三年時のクラス一同で同窓会をしたがっていた。彼は直接的に言わなかったが言外のニュアンスや数々の傍証《ぼうしょう》を鑑《かんが》みるに、どうやら当時の女子の誰かに未練たらたらの恋心《こいごころ》を抱《いだ》いているみたいだな。僕が察するところによれば、須藤が執着《しゅうちゃく》している相手は女子校に進路を取った岡本《おかもと》さんではないかな。覚えてるかい？　癖《くせ》っ毛の可愛《かわい》い新体操部の。今年の夏休みにどうだろうと言い出すので、いいんじゃないかと答えておいた。実際のところ、僕はどうでもいいんだが、キミはどうだ？」

やると言うんだったらそりゃ行くさ。けっこう親しくしていたのに、卒業式以来見ていないヤツが何人かいるしな。いまいち顔の思い出せない岡本の隣《となり》の席は須藤に譲《ゆず》るが。

佐々木は形容しがたい独特の笑《え》みで唇《くちびる》をくつろげ、

「そう言うと思った。だがね、キョン。その中学校の卒業式以来になってるヤツの中に、当然僕も入っているんだろうね？　実際、キミと会うのは揃《そろ》って卒業証書を拝領したあの日以来、一年以上ぶりだ」

片手をハンドルから離した佐々木は、時間の経過を表すように手のひらを回転させた。

「キョンは北高だったな。どうだい？　愉快《ゆかい》な高校生活をつつがなく送れているかい？」

愉快かどうかは評価の分かれるところだが、少なくとも今の俺は不愉快じゃないな。面白《おもしろ》いと思ってさえいる。俺が過ごしてきたここ一年の北高不思議ライフを話し出すと長くなるぜ。

「何よりだよ。僕には話すことがあまりない。決して面白くないわけじゃないけど、僕の行った高校には物理法則を揺《ゆ》るがすような出来事はなかったからね」

いいことだ。そんなもんがどの高校にもあったりしたら、面白がる以前に全国的にパニックだろう。

俺は元同級生の顔をためつすがめつして、中学生時代と変わっている部分を探しな

がら、

「お前は市外の私立に行ったんだったよな。有名進学校の」

佐々木はまた笑みの色彩《しきさい》を変えた。

「キミが僕のプロフィールを完全に忘却《ぼうきゃく》していなくてホッとした。そうだよ。おかげで授業についていくのに必死なんだ。今日も、」

と、駅の方へ揃えた指先を向け、

「塾《じゅく》に行かねばならない。電車に乗ってだ。まったく、勉強のために勉強しているという気分だよ。春休みという実感もなかった。そして明日になったらさらに遠く、電車通学が待っている。満員電車ほど慣れないし慣れたくもないものはないね」

北高行き急勾配《こうばい》ハイキングといい勝負だな。

「健康的でいいじゃないか。僕は市立がよかった。須藤が羨《うらや》ましい」

何がおかしいのか、佐々木はくっくっと真似《まね》のできない笑い声を漏《も》らし、

「ところでキョン、このローカル私鉄駅に何の用向きだ？　乗車する列車の方向が同じならば、積もる話もあるし、同席するに否《いな》やはないが」

俺は腕時計《うでどけい》を確認《かくにん》する。しまった。集合時刻三分前だ。

「すまんが佐々木、ツレと待ち合わせてるんだ。時間に喧《やかま》しいヤツでな、遅《おく》れたら何をしでかすか解《わか》らない」

「ツレ？　高校の？　へえ、そうかい。じゃあ、急いで自転車を置いてこなくてはね。ああ、ご心配なく。僕は毎朝止めているので有料駐輪場と月極《つきぎめ》で契約《けいやく》してるんだ。それがどこかと言うと、」

佐々木はすぐそばの自転車置き場スペースに自分のチャリを突《つ》っ込み、施錠《せじょう》すると俺の顔を覗《のぞ》き込むようにして、

「ここだ。キョン、キミがお連れさんの待ち合わせ場所に行くまで付き合わさせてもらいたい。キミの友人なら僕の友人も同然さ。ぜひ尊顔を拝ませていただきたいものだね」

拝んでも御利益《ごりやく》はないだろうが、佐々木がそうしたいなら構いはしない。紹介《しょうかい》したところで佐々木の人生に何らプラスされるものはないだろうと思いつつ、朝比奈さんの愛くるしさを教えてやることは自分の手柄《てがら》でもないのに誇《ほこ》らしい。

俺が駐輪場の空きスペースを探したり、自転車を止めて小銭を払《はら》ったりする間、佐々木はショルダーバッグを提《さ》げて付き従った。歩きがてら中学時代の四方山話《よもやまばなし》なんかに花を咲《さ》かせていたが、SOS団御用達《ごようたし》の駅前集合地点が見えてきたあたりで、

「キョン、キミは変わってないな」

呟《つぶや》くように言う。

「そうか？」

「ああ。安心したよ」

なぜ佐々木に安心されねばならん。見た感じ、お前も全然変わってねえぞ。

「だとしたら、僕はまるで成長していないことになるね。身体測定を信じるのであれば、肉体的数値はそこそこ変化しているはずなんだが」

俺だってちったあ背が伸《の》びたんだぜ。

「失敬、そういう意味ではなかったんだ。見た目は変えようと思えば変えられる。たとえば髪《かみ》を伸ばしたり切ったりするだけでもかなり印象は変化するものさ。簡単に変わらないのは中身だよ。良くも悪くもね。人間の意識が物質に宿るものだとしたら、構成物質をよほど違《ちが》うものにしない限り考え方や物の見方もそう異ならないんだろう」

妙《みょう》に懐《なつ》かしくなってきた。思い出した。そうだ、佐々木は中学時代からこういう小難しい喋《しゃべ》りをするヤツだった。

「あるいは」

と、佐々木は歩きながら続ける。

「考え方が一変するような聖パウロ的、またはコペルニクス的転回がない限り――だね。世界の変容はイコール、価値観の変容なんだ。それがすべてだと言ってもいい。なぜなら、人間は己《おのれ》の認識能力を超《こ》えた事象を決して正しく理解することはできないのだからね。僕たちの目は赤外線を見るようにはできていないが、蛇《へび》は熱映像視野を持つ。僕たちの耳は一定以上の周波数になると音として感じないが、犬たちには超高《ちょう》音波が聞こえる。どちらも人には見ることも聞くこともできないけど、赤外線や犬笛の音は存在しないんじゃない。ただ感知できないだけなのだと思いたまえ」

マジで北高に来ればよかったかもな、佐々木。お前と話の合いそうな野郎《やろう》が一人いるぜ。ちょうどいい、今向かっている最中《さなか》の到達《とうたつ》地点で待っているはずだから、この機に知り合いになっておくか？

俺が提案しかけた時、いつしか俺を除くＳＯＳ団全員の姿はもう間近に迫《せま》っていた。

「まったく、たいした方を伴《ともな》って来てくれたものです」

古泉はところどころ非難を希釈《きしゃく》させたような色を滲《にじ》ませる声で、

「ある意味、僕とはよい話し相手になりそうな人物です。しかし実質、僕など足元にも及《およ》びません。立場が違いすぎます。僕は自分の限界を知っているので、僕が羨望《せんぼう》と達観を感じざるを得ない人間は少数とは言えません。加えますと、あなたもその一人です」

お世辞を言っても俺はデルフォイの巫女《みこ》みたいに神託《しんたく》を告げたりはしないぞ。

「解っています。不可抗力《こうりょく》ほど恐《おそ》ろしいものはない。目に見えて耳にも聞こえ、なのに抗《あらが》うこともできない力にはね」

それにだ、佐々木がたいしたヤツであるのは中三をともに過ごした俺には解るが、古泉が知っていたとは意外だぜ。

「意外でもなんでもありません。あなたについて『機関』が調査したということは既《すで》にご存じでしょう。もちろん生い立ちからほぼすべてを洗わせてもらいました。その結果、あなたは普遍《ふへん》的な意味での一般人《いっぱんじん》であるという結論が出たわけです」

ありがたいね。お前の組織の保証書付きか、俺は。

「お望みならば発行しますよ。いえ、これは冗談《じょうだん》です。冗談にならないのは、あなたが中学三年時に佐々木さんと同じクラスになっていて、親しい友人関係だったという履歴《りれき》を知ったときの僕の心境です」

なぜだ。

古泉は詩を朗読するような口調で、

「あなたのご友人である佐々木さんもまた、一般人でありながら見方によってはそうでない人間である可能性があったからです。粒子《りゅうし》のような振《ふ》る舞《ま》いをしながら波動としての仕事もする、まるで光のように」

不可抗力だったのかどうかは知らん。偶然《ぐうぜん》という単語は聞き飽《あ》きた。ましてや光が持つ二重性についてなど一生無縁《むえん》にしていたい。

ともかく、俺と佐々木は駅前に歩を進め、二人して立ち止まったところはいつもの場所だった。

見慣れた場所、見慣れた四人のメンツ。内訳は三人が私服で一人が制服。

そして、毎度ながら発せられる団長のありがたいお言葉。

「遅刻《ちこく》とはいい度胸ね。あんだけ言っているのに最後どころか時間オーバーするなんて、春だからって怠《なま》けてんじゃないの？　キョン、もっと一秒一秒を大切にしなさい。あんたの時間はあんただけのものじゃないのよ。待たされるあたしたちの時間と等価なの。だから、遅《おく》れてきたぶんは罰金《ばっきん》に加算するわ。過ぎ去った時間は何物にも代えられないけど、せめてあたしたちを朗《ほが》らかな気分にするならちょっぴりだけど慰《なぐさ》めになるからね」

ハルヒは一気に喋り終え、大きく深呼吸してから、そして奇異《きい》な目を俺の隣《となり》に向けた。

「それ、誰？」

「ああ、こいつは俺の……」

と、俺が紹介《しょうかい》を言いかけた途中《とちゅう》で、

「親友」

佐々木が勝手に解答を出した。

「は？」

と、目を見開いているハルヒに、小さく頭を揺《ゆ》らして会釈《えしゃく》し、

「といっても中学時代の、それも三年のときだけどね。そのせいかな、薄情《はくじょう》なことに一年間も音沙汰《おとさた》なしだった。これはお互《たが》い様だが、でもね、一年ぶりの再会だったとしても、ほとんど挨拶抜《あいさつぬ》きで会話を始められる知り合いというのは、充分《じゅうぶん》親友に値《あたい》すると思うんだよ。僕にとってはキョン、キミがそうなのさ」

親しかった友人という意味ではそうかもしれない。俺はよくこいつとつるんでいたし、学校が引けてからも顔を合わしている回数はクラスメイトの誰よりも多かったように思う。思うのだが——。

なんとなく居心地が悪いのはどうしたことだ。言っておくが俺は誰にも後ろ指を指されるようなことをした記憶《きおく》もなく、事実もない。なのに佐々木が俺を親友だと言うのを隣で聞いていると、そしてハルヒの奇妙《きみょう》な表情を見ていると、五分後に雷雨《らいう》が来るのが解《わか》っていながら傘《かさ》を持たずに外出してしまった三分後みたいな気がしているのは、これは何故《なぜ》だろう。

思い出してみると、朝比奈さんの軽いビックリまなこが瞬《まばた》き回数の頻度《ひんど》を増やしていたり、古泉が考え深げな表情で顎《あご》に指を当てていたような気もする。制服でポッン

と立っている長門の無表情は不変のようだったが、なんせ俺はハルヒの顔しか見てなかった。

横で動く気配がし、佐々木が半歩前に出て唇《くちびる》を弦月形《げんげつ》にする笑《え》みとともに片手を差し出していた。ハルヒに、握手《あくしゅ》を求めるように。

「佐々木です。あなたが涼宮さんですね。お名前はかねがね」

ハルヒの瞳《ひとみ》がちらりと俺を向き、俺は何かの手違《てちが》いで指名手配を受けた冤罪者《えんざいしゃ》のように、

「お前の悪行をこいつに言ったことはないぜ。佐々木、なんでお前はハルヒを知ってる？」

「そりゃ同じ市街地に住んでいるんだし、目立つ人たちの噂《うわさ》はちょくちょく耳にする。我々の中学から北高に進んだ生徒は、キョン、何もキミだけではない」

国木田とかか。

「彼もだったね。元気かい？　多分、今でも飄々《ひょうひょう》としていると思う。もっと学力に応じた高校に行けたのに、わざわざ県立を専願で受けた変わり者だ」

佐々木は同窓生へのコメントを早々に打ち切り、ハルヒに向き直った。

「北高ではキョンが世話になっているようですね。改めてよろしく」

伸《の》ばした手を微動《びどう》だにせず、ゆるやかに微笑《ほほえ》んでいる。

佐々木の欧米的挨拶《おうべいあいさつ》に、ハルヒはチョコレートと間違えて碁石《ごいし》を口に入れたような顔をしていたが、やがてその手を握《にぎ》り返し、

「よろしく」

握った手を振《ふ》ることもなく、しげしげと佐々木の瞳を見つめ、

「自己紹介の必要はなさそうね」

「そうですね」

佐々木はニコニコとハルヒを見つめ返し、アマガエルが生まれて初めて出したような声で短く笑った。

「そちらの方々は？」

ハルヒの手を名残惜《なごりお》しそうに手放しつつ、佐々木は左右に視線を振った。

団員紹介は長の務めだと思ったのか、ハルヒが矢継《やつ》ぎ早《ばや》に、

「そっちの可愛《かわい》いのがみくるちゃんで、あっちのセーラー制服が有希。こっちが古泉くん」

それぞれ指さし点呼された面々は、

「あっあっ、朝比奈みくるです」

朝比奈系と題して売り出したらたちまち予約殺到《さっとう》になりそうな春物スタイルで身を固めた唯一《ゆいいつ》の上級生は、ポーチを両手で握りしめたまま、慌《あわ》てたように会釈した。

「古泉です」

新川《あらかわ》さんに弟子《でし》入り修行中みたいな慇懃《いんぎん》さで頭を下げる副団長。

「……………」

学校にいるときとまるで変わらない制服姿の長門はピクリとも動かない。

三者三様の返事を聞いても、佐々木は面倒《めんどう》になったのか団長以外には握手を求めず、

「初めまして」

ただ面白《おもしろ》そうに眺《なが》めていた。

朝比奈さんは少しおろおろと、古泉はいつもの微笑《びしょう》を取り戻《もど》し、長門は深海から汲《く》み上げたばかりの海水のような目で、佐々木に観察する視線を浴びせている。

佐々木は三人の顔と名前を記憶するような佇《たたず》まいでいたが、くるりと俺を振り返り、

「それではキョン、僕はそろそろ電車の時間なので失礼するよ。また連絡《れんらく》する。じゃあね」

さっと手を振ると、もう一度ハルヒに微笑みかけ、改札口へすたすた歩いて行った。やけにあっさりしたものだ。なんとなく俺はボサッとして、佐々木の後ろ姿が消えるまで見送ることにした。

久しぶりに会ったにしては、ロクに話もしなかったな。この調子だと今度会うのも一年後になるかもしれん。

数秒間の沈黙《ちんもく》の後、ハルヒが、

「ちょっと風変わりね」

お前が風変わりに思うんだったら相当なもんだ。

ハルヒは改札口から目を戻し、

「あの、あんたの友達。ずっとあんな感じだったの？」

「ああ。全然変わってなかったな。見かけも中身も」

「ふうん？」

ハルヒは何か思い出しかけていることを耳から転げ出そうとするかのように首を傾《かし》げたが、早々とあきらめたふうに頭の角度を修正し、ぴょんと跳《は》ねて体の向きも変えた。

「ま、いいわ。それよりキョンの奢《おご》りの喫茶店《きっさてん》に行きましょ。ちゃんと余分にお金持ってきたでしょうね。フリマで掘《ほ》り出し物があったらじゃんじゃん買わないと」

電器屋の蛍光灯《けいこうとう》売り場のような笑顔《えがお》を作り、ハルヒは先頭を切って歩き出した。

やれやれ。荷物持ちくらいならしてやらんでもないが、自分の欲しい物は自前の金銭であがなってくれよな。文芸部の部費に手をつけないよう、長門のためにも見張っておかなければ。

「その後のことは、」

と、俺は古泉に言った。

「お前も知っての通りだ。茶店に行って俺が勘定《かんじょう》を払《はら》って、フリーマーケットに出向いてハルヒがいらんもんをどっさり買い込んで、海の見える洒落《しゃれ》た店で昼飯食って帰ってきた。ついでに阪中の家に寄ったな」

お前が老夫婦の出店で購入《こうにゅう》した碁盤《ごばん》を終始抱《かか》えて歩いていたため、荷物持ちの役割が俺の両腕《うで》に託《たく》されちまったことを忘れたとは言わせんぞ。かくして俺は二束三文で売られていたガラクタ——デザートローズの原石とか——を大量に持たされることとなり、会場内をウロウロすることになったんだからな。微笑《ほほえ》ましかったのは、朝比奈さんが小学生の作ったような万華鏡《まんげきょう》を覗《のぞ》いて「わぁ、とてもプリミティブなオモチャですね。でもとても綺麗《きれい》……」とか感嘆《かんたん》の声を上げていたシーンと、どこかの部族の呪術師《じゅじゅつし》が被《かぶ》るようなお面をじっと見つめる長門の姿くらいか。

「どっかお前の記憶《きおく》と違《ちが》うとこがあるか？」

「幸いなことに、ないようですね」

古泉はモニタの裏側を熱心に観察しながら、

「客観的な出来事としては、あなたの解説通りです。ただ、主観的な見地から眺めると、あなたと僕の解釈《かいしゃく》はかなりの齟齬《そご》を生むようですね」

観察する目を俺に向けた。気に入らん目つきだ。

「では、ここで問題です。先程《さきほど》、僕は最近になって閉鎖《へいさ》空間の発生率が増加していると言いました。正確に言えば涼宮さんの高校入学前後の数値にほぼ等しい。去年から今年にかけて減少傾向《けいこう》にあった僕のアルバイト出撃《しゅつげき》回数が一気に元に戻ったのは春休み終了《しゅうりょう》直後です。それは何故《なぜ》なのでしょうか」

俺はそわそわと、

「何が言いたい」

「言いたくはないのですが、言語化しなければ伝わらないことだってあるのですよ。無言のやり取りで意思の疎通《そつう》がすんなりいくほうが稀《まれ》です。因果関係ですよ。この場合、因の部分に入るのは春休み最後の日という一文です。果には閉鎖空間と《神人》という言葉が刻み込まれています。さて、これは何を意味するのか。それがあなたへの僕の出題です」

「…………」

俺は長門的沈黙で身を包んだ。後頭部がチリチリする。

古泉は縄文時代《じょうもんじだい》の地層から掘り出した原初的な仮面のような、笑い顔だと指摘《してき》されないとそうは理解できないような微笑《びしょう》で、

「涼宮さんが新学期開始と同時に閉鎖空間を発生させ始めたことから、何らかの問題

点は春休み最終日にあったと断言できます。その日に何があったかを考えると、いつもながらのSOS団活動でことさら重要視するハプニングはなかった。フリーマーケットを大いに楽しんだだけです。いつもと違っていたこと、ルーティーンに介入《かいにゅう》してきた唯一《ゆいいつ》のイレギュラー要素……。それが何だったか、もうとっくにお解《わか》りのはずです」

佐々木か。

「しかし何でだ。待ち合わせの場所にたまたま俺が中学の同級生と一緒《いっしょ》に来ただけだぞ。どうしてハルヒの精神的ストレスの要因なんぞになるんだ？」

古泉は驚《おどろ》いたように口を閉ざし、観察よりも鑑賞《かんしょう》する目で俺を凝視《ぎょうし》し、まるでシャミセンが妹の拾ってきたセミの脱《ぬ》け殻《がら》を初めて見たような顔をつくり、たっぷり十秒はそうしていた。

そろそろ顔の前で手を振《ふ》ってやろうかと考え始めた俺に向かって、人畜《じんちく》無害なハンサム面《づら》をした超《ちょう》能力者モドキは、しみじみと首を振り、

「なぜならば」

大仰《おおぎょう》な動作で身体《からだ》ごと俺を向いて、

「あなたの親友を自称《じしょう》する佐々木さんなる方が、おそらく十人中八人が一見して目を惹《ひ》かれる、実に魅力《みりょく》的な女性だったからですよ」

暗君の弑逆《しぎゃく》を決意した冷徹《れいてつ》な奸臣《かんしん》のような声で言った。

二年前の——ちょうど今頃《いまごろ》に遡《さかのぼ》る。

中三になり立ての春、高校進学を危《あや》ぶんだお袋《ふくろ》によって学習塾《じゅく》にたたき込まれた。その同じクラスに佐々木もいて、学校でも同じ教室にいるような奴《やつ》は佐々木だけだったし、ついでにたまたま席が近かった。それでどちらからともなく話しかけたんだった、確か。よく覚えていないが、「よう、お前もここに来てるのか」ってなもんだ。

きっかけはそんな感じで、それで中学の教室でもたまに話すようになった。

大して注意も払っていなかったが、佐々木の僕という一人称《いちにんしょう》と堅苦《かたくる》しい男しゃべりは、まさしく男子生徒相手にしか使われないことにすぐに気づいた。女友達の輪にいるとき、佐々木は普通《ふつう》に女言葉で話していたからだ。

何かわけがあるんだろう。ひょっとして、男相手に男みたいな話し言葉を使うことは、そいつに自分を女だと見て欲しくなかったのかとか、ようするにわたしを恋愛《れんあい》対象として見るなと言う意思表示なのか、と。気の回しすぎかな。

もちろん俺はどうでもよかった。だから何のツッコミも入れなかったさ。だいたい他人の口調に文句をつけるほど国語力には自信がない。

俺の名前について、佐々木は面白《おもしろ》がった。

「キョンなんて、すごいユニークなあだ名だね。どうしてそんなことになったんだい？」

俺はしぶしぶ間抜《まぬ》けなエピソードと、妹の愚行《ぐこう》を話してやった。

「へぇ。キミの下の名は何というんだ？」

口頭で読みだけ教えると、佐々木は首と目をそれぞれ別の方角に傾《かたむ》けて、

「それがキョンになるのか？　いったいどんな漢字で……あ、言わないでくれたまえ。推理してみたい」

しばらく面白そうに黙《だま》っていた佐々木は、くくくと笑いながら、

「多分、こんな字を書くんだろう」

ノートにさらさらとシャーペンを走らせた。浮《う》かび上がった文字を見て、俺は感嘆《かんたん》の気分を味わうことになった。佐々木は正確に俺の名前を書いていたのだ。

「由来を聞いていいかい？　この、どことなく高貴で、壮大《そうだい》なイメージを思わせる名前の理由」

まだ俺がちびっ子の時に尋《たず》ねたとき、親父《おやじ》から返ってきた言葉をそのまま教えてやった。

「いいね」

佐々木が言うと本当にこれがいい名前であるように思われてくる。

「でも、キョンってほうが僕は好きかな。響《ひび》きがいい。僕もそう呼んでいいかい？　それとも別の名称《めいしょう》を考案しようか。どうやらキミはそのニックネームがあまり気に入っていないようだからね」

どうして俺が気に入っていないと解《わか》る？

「だって、キミはそう呼ばれたときより、普通に名字で呼ばれたほうが反応速度が速いからね。コンマ二秒くらい」

俺を名字で呼ぶのは、その誰かが俺に何か真面目《まじめ》な話があるときくらいだからだよ。授業中に次の問題を当てられるときとか、親しいとも言えない――特に女子に――呼ばれたときとか……。それにしてもコンマ二秒？　そんな違《ちが》いをよく解るもんだ。

「見聞きした情報が脳に伝達されてアクションを開始できる時間がそれくらいだよ。キミは名字で呼ばれた場合は瞬時《しゅんじ》に反応する。キョンの時は無意識だろうけど、それだけ遅《おく》れる。キミの深層心理はあまり喜んでいないんだろうなって思ったのさ」

思えば無意識だの深層心理だの、その手の用語を教授されたのはこの時が最初だったように思われる。

学習塾の授業は週に三日、火、木、土曜にあり、いずれも夕方が開始時間になっていた。

学校が休みの土曜を除き、毎週火曜と木曜には、俺は佐々木と連れだって向かうのがほどなく習慣化されていった。塾の在処《ありか》はここらでは一番大きな駅の近くで、中学校から徒歩で行くにはかなりうんざりする距離《きょり》を踏破《とうは》せねばならず、またバスは迂遠《うえん》な路線を走っているためこれまた結構な時間がかかる。手っ取り早いのは学校から駅までの直線距離を自転車で走ることだ。これなら十五分とかからない。

俺の家は中学から目的地までのルートの直線上にあり、いったん帰宅してから自転車を引き出して学習塾へと漕《こ》ぎ出すのが論理的に一番の方策で、どうせだからと荷台に佐々木を乗せて走るのもいつもの習慣だった。佐々木によるとバス代が浮いて非常に助かるとのことである。

学習塾でも同じ教室だが、毎時間にわたって馬鹿《ばか》話をするほど余計な時間があるわけではなかった。お互《たが》い、周囲の雰囲気《ふんいき》に乗せられて生真面目《きまじめ》に勉強している。そのせいか中二の頃《ころ》には緩《ゆる》やかなカーブを描《えが》いて下降していた成績も下げ止まりの傾向《けいこう》を見せているのはありがたいことで、持ち帰る答案用紙の点数が遠大なカウントダウンを刻んでいたことに業《ごう》を煮《に》やして有無を言わさず学習塾に放《ほう》り込んだ母親も若干《じゃっかん》胸をなで下ろしていることだろう。

これで「もっと勉強しないと佐々木さんと同じ大学に行けないわよ」という口癖《くちぐせ》が直ってくれればますますいいのだが。なぜ俺がこいつと進路を同じくしないといけないのか理解しかねた。

学習塾が終わると、いつも世界はすっかり夜の支配下に置かれていた。夜空に浮かぶデキモノのような天然衛星を見上げながら俺は自転車を押して歩き、少し遅れて佐々木がついてくる。帰りはバスを利用する佐々木に付き合って最寄《もよ》りの停留所まで。

「じゃあ、キョン。また明日、学校で」

やって来たバスの乗降口に足をかけ、そう言う佐々木に手を振《ふ》って、俺は一路、自宅を目指すのだった………。


はい、回想終わり。


「まさか、それほどまでとは」

古泉は眉間《みけん》に中指を当て、

「まるで本当に無邪気《むじゃき》な中学生同士のたわいもない恋愛《れんあい》模様の一ページのようではありませんか」

そう言うがな。つっても俺と佐々木の間にはそんな爽《さわ》やかな男女づきあいはなかったぜ。いや、爽やかじゃないようなことだってさらっさらになかったさ。

「ええ、そうでしょうとも。あなたはそう思っていて、きっとそれは正しいんです。

ですが、周りの人間はどうでしょうか。あなたたちの姿をどう思っていたのでしょうね」

なんだかイヤな予感がしてきた。そういえば、国木田や中河は妙《みょう》な勘違《かんちが》いをしているようだったな……。

「僕でも勘違いを起こすでしょうね、話を聞いているだけでそう思えます。もちろん僕だけがこんなことを思っているのではありませんよ。ひょっとしたら朝比奈さんや長門さんも同じことを考えるかもしれません。まあ、あのお二人は少しはあなたに関する情報をお持ちでしょうから杞憂《きゆう》ですませるとしても、全然すみそうにない方を僕は一名ほど知っています」

「……誰だ」

古泉は微笑《びしょう》を偽悪《ぎあく》的に歪《ゆが》めた。その目に宿るのは俺を非難するような色である。

「ここまで言って解らないようなら、あなたの頭を切開して脳に直接その名を書き込まなければならないでしょう」

解ってるよ、そんくらい。

「まさかとは思うが」

頭の上に毛虫の大群が載《の》っているような奇怪《きかい》な感覚を覚える。

「ハルヒが佐々木を見て、それも親友だとか自称《じしょう》したのを聞いて、それでナニヤラもやもやしてるって言うのか？　得意の無意識とやらか」

「閉鎖空間《へいさ》、《神人》。あなたも知っての通りの現象ですが、ここしばらくのそれらは、以前とはやや状態が異なるんです。閉鎖空間はそのままですが、《神人》の行動が不気味なほど大人しい。出現はしたものの、積極的な破壊《はかい》行動への従事はなりをひそめ、手持ちぶさたに立っていることが多いんですよ。時折、役どころを思い出したように建築物をこづく程度です」

あの青白い巨人《きょじん》が理性的なのは悪いことじゃないだろ。

「我々『機関』からすればどちらでも同じです。《神人》を消滅《しょうめつ》させなければ閉鎖空間も解放されませんから」

古泉の注釈《ちゅうしゃく》はまだ続く。

「結論から言って《神人》、ひいては涼宮さんの無意識は、どこか戸惑《とまど》っているようなのです。まるで自分が何を考えているのか、何を考えればいいのか、それすら解《わか》っていない。混迷の道をさまよう、悩《なや》める無意識ですよ」

フロイト先生も草葉の陰《かげ》で苦笑いだろう。まさか自分の研究成果がハルヒの分析《ぶんせき》に、こうも頻繁《ひんぱん》に使われるだろうとは思ってもみなかっただろうからな。

「僕としては、涼宮さんが佐々木さんに嫉妬《しっと》を覚えているということにしてしまえば、話は早いように思うのですがね」

さすがに反論してやるぜ。誰のためでもなく、ハルヒのためにだ。

「あいつは恋愛感情を精神病の一種だと言うような女だぞ」

「お尋《たず》ねしますが、あなたには涼宮さんが男女間の恋愛についてすべてを語ることのできるような、心理学に秀《ひい》でたかたに見えるのですか？」

ぜんぜん。

「僕もです。涼宮さんは解っているようで解っていない。逆でもいいですが、とにかく彼女の精神は同年代の女子生徒に比べて特別に老成してはいません。そこだけ見ればごく普通《ふつう》の一少女ですよ。ただ、ひねくれたポーズをつけたがっているだけなのです」

お前が言うな。俺から観《み》れば、古泉だって充分《じゆうぶん》不足なしにヒネクレ者に見えるぜ。

「そうですか？」

古代の仮面を取り外した微笑《ほほえ》みを見せると、演劇的に頬《ほお》を一撫《ひとな》でして、

「精進《しようじん》が足りないようですね。あなたにかくも簡単に看破されるとは」

古泉は両手を広げ、首まで振《ふ》った。

「分析するに、涼宮さんはあなたの過去の友人が存在し、それが自分の知らない人間であるという、これまでありそうでなかった事実の発見をして、説明しがたい感覚を得たのだと思います。ジェラシーなどという単純な言葉では解釈《かいしやく》不能な、もっと生来的、根源的な感覚ですよ。意表をつかれたと言い換《か》えましょうか。あなたにも旧友の一人や二人はいるでしょう。そこまでは涼宮さんも解っている。女友達がいてもおか

しくはない。しかし、佐々木さんが自分をあなたの親友だと言い放ったことは、これは誰にとっても予想外ですよ。彼女の存在を知っていた僕にもね」

「よく……いや、さっぱり解んねえな」

「涼宮さんの中学時代はほとんど孤立《こりつ》か、もしくは孤独状態でしたから、親友という響《ひび》きに心打たれるものがあったのかもしれません」

「あいつは望んでそうなってたんだろ。孤高ってやつだ」

「そうであってもです。たとえば、僕にあなたがたの知らない異性の友人がいて、突《とつ》然《ぜん》目の前に現れたりしたらどうですか？」

「いたのか？」

俺はやや身を乗り出す。こいつこそ陰《かげ》でこっそり彼女を作っていても不思議ではない。

古泉は苦笑し、

「たとえが悪かったですね。僕ではだめだ。では、朝比奈さんの過去に親しくしている男性がいて、その彼が彼女に対して馴《な》れ馴れしい態度を取っていたとしたら？」

腹が立つとも。だがな、

「ありえんだろう。朝比奈さんや長門は遊びや観光目的でこの世にいるわけじゃない」

もうちょっと遊んだほうがいいくらいに思うね。それに朝比奈さんの過去ってのは、俺たちからすりゃ未来だぜ。

「仮定ですよ。もしそうだったら、あなたがどう思うかという。想像ですが、言葉で言い表せない微妙《びみょう》な感覚を得るのではないかと。嫉妬でもなく困惑《こんわく》でもなく。第一に朝比奈さんはその異性を特に意識しているわけではなさそうだし、表面的にはいつもと同じで、本当にどうとも思っていないらしい。だったら、下手に勘《かん》ぐるのもバカバカしいことです。ゆえにそんな感覚など意識下から消して忘れてしまうのが一番です。この説話の中の朝比奈さんをあなた、あなたを涼宮さんに入れ替《か》えて考えてみてください」

中庭の対面で小規模な歓声《かんせい》が上がった。どっかの同好会に入会を決意した一年がいたらしい。

古泉はふとそちらを見上げ、

「しかし通常の意識外にある部分はそう簡単にだませない。よって無意識のフラストレーションが閉鎖《へいさ》空間と中途半端《ちゅうとはんぱ》な《神人》を生むわけです。原因が明確なようでそう簡単でもないため、解《わか》りやすい対処方法も見あたりません。実はなくもないのですが――」

古泉の目がますます細くなる。

「キョン！　古泉くーん！」

朝比奈さんと身体《からだ》をぴったりくっつかせたハルヒが、中庭の石畳《いしだたみ》を踏《ふ》み割らん勢いでずかずかと歩いてくる。

「わわっ、わわわ」

歩幅《ほはば》に1・5倍ほどの差があるため、脚《あし》をもつれさせる朝比奈さんを、捕《と》らえた獲《え》物《もの》のようにロックして、ハルヒは委細かまわずスッタカと突進継続《とっしんけいぞく》。

レミングばりに新一年生を引き連れて戻《もど》ってくるかと思っていたが、あにはからんや、手ぶらだ。チャイナとメイドのツープラトンで一匹《ぴき》も釣《つ》れなかったのか。今年の一年は常識にまみれたヤツばかりと見える。

ハルヒは予告編をリピートしているモニタ前で止まると、朝比奈さんを抱《だ》きしめたまま、

「面白《おもしろ》そうな入団希望者、誰か来た？　有希んとこには？」

長門が微《かす》かに首を横に振る気配を感じつつ、俺はつくづくと思う。

「あちこち足を運んでみたけど、ダメねダメダメ。みくるちゃんの美味《おい》しいお茶が飲み放題よって誘《さそ》ってニヤニヤ面《づら》でうなずくヤツは入団試験の第一段階で不合格にしたわ。女子に寄っていったらみんな逃《に》げちゃうし、今年は不作かもね」

コスプレ研究会と間違《まちが》われたんだろ。

「でも一人くらいはね、誰か適格者がいるんじゃないかと思うから、これからよっ！　これから。キョン！　あんたの中学の後輩《こうはい》で面白いのいない？　それから、あたしの

中学には絶対いなかったから東中出身は全員不許可よ。言うの忘れてたけどねっ！」

そう大声を張り上げているハルヒの顔は――。

やっぱり、どの角度から見ても三重連星のように輝《かがや》く核融合《かくゆうごう》じみた笑顔《えがお》だった。

これ以上まばゆくなりようがないくらいの。


その日、俺たちは結局何一つ成果を上げられず、のこのこと部室に撤収《てっしゅう》した。

朝比奈さんは心からホッとしたように居住まいを正すと、メイド衣装《いしょう》のままでさっそくヤカンをコンロにかけてお茶を振《ふ》る舞《ま》う態勢に入り、俺と古泉はテーブルやケーブルの片づけプラス設置し直しに全力を尽《つ》くす。

長門は長門で文芸部の貼《は》り紙を洟《はな》をかみ終えたティッシュのようにゴミ箱に投じると、宝物をしまうような手つきで会誌の見本を棚《たな》に収容し、機械的に部室の片隅《かたすみ》に席を構えてハードカバーを広げた。離《はな》れてはいたものの、俺と古泉がダべっていた話を聞いていなかったとは思えないが、一年前とまったく背格好の変わらない宇宙人製アンドロイドはクールフェイスとミュートモードにした唇《くちびる》を不変のものとしていて、俺を意味なく安堵《あんど》させてくれる。

ハルヒは団長席に着くと三角錐《さんかくすい》の先端《せんたん》に指を乗せ、カタカタと揺《ゆ》らしながら、

「活《い》きのいい一年はいなかったわねえ。やっぱり捜索範囲《そうさくはんい》を広げるべきかしら。運動部のほうに逸材《いつざい》が行ってるのかも。待ってても来ないものね。網《あみ》を投げる回数と海域は多くて広いほうがいいわ」

チャイナドレスからハミ出た素足《すあし》を組み、新たなるイタズラを考案中のガキ大将みたいな表情をしている。わくわくって感じだ。

俺的には当てずっぽうで底引き網を投じるより、ピンポイントで狙《ねら》いを定めて一本釣りのほうが良質の魚を獲《え》られるように思うが、わざわざ自ら進言してハルヒの新入団員勧誘促進《かんゆうそくしん》計画に荷担するつもりはない。

「大魚を逃《のが》すつもりもないわよ。去年みたいに全部のクラブを見て回ろうかと思ってるの。他《ほか》の部に横取りされる前に押さえておきたいもんね。これだけいるんだし、一人くらいはおいしいヤツがいるはずよ」

どんな味がする下級生をお望みだ？　焼いて喰《く》えるヤツならいいんだが。

「みくるちゃん以上にかわゆいとか、有希以上にいい娘《こ》だとか、古泉くん以上に礼節が行き届いているとか、そういうの」

そりゃかなりの高ハードルだな。だいたいハルヒがまだまともな理由で連れてきたのは朝比奈さんオンリーと言える。自分の眼鏡《めがね》にかなった萌《も》えキャラだったって理由のどこがまともなんだという話だが、長門はたまたま乗っ取った文芸部室に付属していただけだし、古泉などただ転校生って肩書《かたが》きがハルヒの琴線《きんせん》に触《ふ》れただけだ。今年も五月あたりに転校してきた生徒を問答無用で引っ張り込むつもりじゃないだろうな。

「転校生枠《わく》は古泉くんで埋《う》まってるからもういいわ。優秀《ゆうしゅう》な副団長だし、類似《るいじ》キャラはいらないの。もっと面白いのじゃないとダメ。SOS団は少数精鋭《せいえい》主義だから」

ハルヒはパソコンを立ち上げると、頬杖《ほおづえ》をついてマウスをカチカチさせながら、

「うかつだったわ」

お前が粗忽者《そこつもの》なのは今に始まったことではない。

「去年のうちから学区内の中学を回って、有能そうなのを青田買いすればよかった。SOS団に相応《ふさわ》しいのがよその高校に行っちゃったとしたら惜《お》しすぎるもの。SOS団第三支部を他校に立ち上げよっか？　それとSOS団予備部をここいらの中学校に」

ハルヒの妄想《もうそう》はとめどなく羽ばたくようだった。俺は溜息《ためいき》つきつき、

「そんなに人数増やしてどうすんだ。アメフトチームでも作るのか？」

「あたしのSOS団はね、もっと世の中に拡張されなければならないの。パソコンの記憶《きおく》する箱だってどんどん大容量になるでしょ？　目標は世界よ。グローバルに生きなきゃ、国際化の進んだこの地球ではやっていけないわ」

情報化の次は国際化か。俺はこぢんまりとした人生が好きなんだよ。何の資格もない高校生の身の上だ。身の程知らずなまでに世界へと打って出るつもりはない。

いっそ、将来どっかで私立の学校を設立し理事長の地位についてSOS学園と命名すればいい。生徒は全員、強制的にSOS団団員だ。うーん、考えるだに恐《おそ》ろしい。「ははん、バッカねえ。法人化なんか論外よ」とハルヒは笑い飛ばし、「あたしたちは営利目的でやってるんじゃないんだからね！」

これも進歩といえるのかもな。口では大言壮語《たいげんそうご》を吐《は》いているが、去年のハルヒなら部活説明会に強行参加し、SOS団宣伝ビラを大量印刷して誰彼構わず押しつけて回っただろう。威圧《いあつ》的な生徒会長が目を光らせているせいか、今年はレジスタンス的な地下工作に頭が行っているようだ。

SOS団の支部を増やすことには乗り気でも、本部人員を安易に増やすつもりはないらしい。どちらかと言えば、不思議現象の情報を持ち寄ってもらいたいと思っている気配である。宇宙人によるアダプテーション経験者とか、ふと気づいたら過去に戻《もど》っていた巻き込まれ型タイムリーパーとか、日夜異空間で悪と戦う異能力者現在進行形とか、そんな話を聞きたいに違《ちが》いない。

それはかつて俺も聞きたいと思っていた物語だ。

そして、今の俺には不必要なものだった。

古泉の詰碁《つめご》解きに付き合いながら、朝比奈さん特製煎茶《せんちゃ》で喉《のど》を潤《うるお》しながら、長門の背筋の伸《の》びた読書姿を目の端《はし》に捉《とら》えながら、俺は思う。

ＳＯＳ団に正規の団員はこれ以上増えないだろう、と。

鶴屋さんのような名誉顧問《めいよこもん》ができたり、阪中のような団外関係者が増えたり、他の部をコンピ研よろしく牛耳《ぎゅうじ》ったりするような事態があったとしても、誰か新人がこの部室を定宿とする総勢五名からなるメンツに分け入って、そのまま定着するなんてことはなさそうだ、と。

ただの予感さ。理由なんかない。それこそ天国在住のドクターフロイトかユング博士にでも聞かないと解らないような俺の無意識がそう感じさせていた。

結果として、その俺の予感は文字通りに半分当たりで、半分は外れることになる。

しかし、この時の俺には知るよしもなかった、と常套句《じょうとうく》を言っておく。

まさか、あんなにややこしいことが発生するとは誰にも予想外だっただろう。古泉にも、たぶん長門にも、ひょっとしたら朝比奈さん（大）にまでも。

下手人の名は明らかだ。他の誰でもない。

涼宮ハルヒが、それをしたんだ――。

# 第二章

　翌日、金曜日のことだ。

　一年生時から引き続くハルヒの習性、休み時間にはほとんど教室にいないという日常的な行動は学年が違っても失われておらず、四限が終わるやサクッと教室を出て行った我が団長が姿を消した昼休み、俺は二年になってもコンビを組む谷口および国木田と机を囲んで弁当をつつきあっていた。

　谷口はともかく、国木田の害のない顔を見ていると、先日思わぬ再会をした佐々木を思い出しちまうな。なるべくそしらぬ体《てい》をよそおっていたのだが、そんな俺の視線を嗅《か》ぎ取ったんだろうか、

「どうしたんだい？　アナゴ入り卵焼きがそんなに気になるの？」

　国木田は佐々木が評したとおりに飄々《ひょうひょう》と訊《き》いてきた。

「いや何でもない」

　俺、即答《そくとう》。

「よくもまた同じクラスになったもんだと考えてたのさ」

「そうだね」

オカズをバラバラに分解する手を止め、国木田は顔を上げた。

「僕は嬉《うれ》しかったな。クラス割りを見た時、ちょっと目を疑っちゃったけど」

お前は理系に進むもんだと自然に思ってたんだが。

「そのつもりだよ。ただ僕は文系科目がちょっと弱いからね。この一年はそっちを強化することにしたんだ。三年からは理系重視一本でいくよ。それに二年のこの時期は理系も文系も大雑把《おおざっぱ》にしか分けられていないしね。選択《せんたく》科目が増えるから教室移動が手間だよねえ。二学期からはますますそうなる」

谷口に関しては……まあ、どうでもいいか。

「そりゃ、あんまりだなぁ、キョンよー」と谷口の抗議《こうぎ》。「俺だってもっと綺麗《きれい》どころのいるクラスに配属されたかったぜ。六組あたりが狙《ねら》い目だったんだが……」

さり気なく女子たちへと目を滑《すべ》らせ、

「これじゃ大して変わらん。まさか、またおめーらと一緒《いっしょ》とはな」

あいかわらずピュアなまでに俗《ぞく》な野郎《やろう》だ。いいじゃねえか。昨年度同様、テスト期間中はレッドラインのちょい上空を地形追随《ついずい》飛行しようぜ。

「それは約束してやる。あんな紙切れに俺の人生は左右されたりしねえ。まかせろ」

胸を叩《たた》くのは心強くていいのだが、本当にこれでいいのかという気もする。少なくとも俺のお袋《ふくろ》を論破する説得材料としては谷口の存在はいかにも弱すぎた。こいつに何か特殊《とくしゅ》な才能があったら学校の成績など些細《ささい》な物差しに過ぎないとでもイイワケできるのにな。

「しかし、涼宮と五年連続同じクラスってのはなぁ。腐《くさ》れ縁《えん》じゃねーよなぁ。もともと縁なんかねーしよぉ」

谷口は何気なく言うが、確かに不思議な感覚はする。できすぎの偶然《ぐうぜん》には高確率で裏があるという事例をいくつか知っているんでね。

俺と谷口がおそらく違う意味で首をひねっていると、国木田が、

「三十人もいたらそのうち二人くらいは誕生日が一致《いっち》する確率のほうが高いしね。そんなに不思議なことでもないんじゃない？」

解《わか》るような解らんようなことを言った。

「なんなら計算してみようか？」

別にいい。奇妙《きみょう》な記号や計算式を眺《なが》めるのは数学の時間で手一杯《ていっぱい》だ。いや、暗算してくれなくてもいい。自分の頭脳レベルを他人と比較《ひかく》したくはない。奇策《きさく》の用意もなしに無謀《むぼう》な勝負を挑《いど》むのは蛮勇《ばんゆう》以前にハルヒの役割だ。俺が自信を持って参加できるのは、次の席替《せきが》え時に真後ろになるのが誰かという予想大会くらいさ。

現在の真後ろの席、その机の主は昨年度同様、昼休みになると同時に教室を出て行って留守にしている。新一年生の教室を覗《のぞ》き回っているに違《ちが》いない。さぞ不審《ふしん》に思われていることだろう。

少しでも興味を持てる人間がいたらハルヒは考えなしにそのクラスに突撃《とつげき》しそうだ。突進してきた正体不明の上級生に怯《おび》えた気の毒な新入生が職員室に駆《か》け込まないよう、俺は弁当を食いながら密《ひそ》かに祈《いの》りを捧《ささ》げ、どこの神仏かは知らないから賽銭《さいせん》を奉納《ほうのう》しようもないが、とにかく聞き入れてくれた模様だ、五限開始ギリギリに戻《もど》ってきたハルヒの目は爛々《らんらん》と輝《かがや》いていたりはしなかった。

「釣果《ちょうか》は？」と尋《たず》ねた俺に、

「ボウズ」

答えた口調はそれほど不機嫌《ふきげん》そうでもなく、当たり前のことを淡々《たんたん》と告げているように聞こえる。近所の溜《た》め池にアロワナがいなかったことを調査の結果に改めて悟《さと》ったような、そんな声だった。

その放課後、俺は呼吸をする以上の自然さでハルヒとともに部室に向かった。

二年になって所属する校舎が変わり、おかげで部室棟《とう》も近くなったが、だからと言って特に便利になった気はしない。

「あたしは便利よ」

ハルヒは学生鞄《かばん》を勢いよく振《ふ》りつつ、

「学食と購買《こうばい》も近くなったからね。昼休みの食堂で席を確保するのって、けっこう大変なんだからね。もっと席増やせばいいのにってよく思うわ」

その手の意見は生徒会長に打診《だしん》すべきだな。署名を集めて持っていったら学校側に働きかけてくれるかもしれんぞ。

「あんなのに借りは作りたくないわよ」

歩調を速めながら、ハルヒは人見知りした子供のように横を向く。

「悪者の手なんか借りないほうがいいわ。恩着せがましくゴチャゴチャ言ってくるヤツがあたしは大っ嫌《きら》いだから。自分の力でなんとでもするわよ」

学食の拡張工事を無断で始めたりしたらちょっとした事件になる。さすがに文芸部の部費では建設事業までまかなえないぜ。

「する気になったら無断でやっちゃうわよ、そんなの。みんな喜んでくれるわ」

そうかもしれないがやめておけ。最悪、新聞記事になる。今度鶴屋さんに会ったら事前に根回ししておかねばならんな。ハルヒからスポンサー要請《ようせい》があっても許諾《きょだく》したりしないように。もっとも鶴屋さんクラスの偉大《いだい》なる常識人になれば、ハルヒの提言をいちいち真に受けたりはしないだろうが、念のためだ。

俺はハルヒの注意を食堂改築計画から逸《そ》らすべく、

「で、ハルヒ。めぼしい新入生はいたか？」

「へえ？」

簡単に食いついたはいいが、ハルヒは鋭利《えいり》な視線を俺の顔に突《つ》き刺《さ》しながら、

「あんたが気にするとはね。意外ね、意外。増えたら増えたでブッブツ文句言いそうなのに、やっぱり欲しいの？　後輩《こうはい》」

欲しくはないさ。まあ、俺より下のヒラ団員がいてくれるとハルヒが押しつけてくる雑用その他をそのままスルーパスできて助かるなと思うことはある。キャリア的にも古泉が副団長、朝比奈さんがマスコット兼《けん》書記兼副々団長で、長門は形式的とは言え曲がりなりにも文芸部部長だし、団内でまったくの無位無冠《むいむかん》なのは俺だけだ。

「なによ。そんなに肩書《かたが》きが欲しい？　だったら考えてあげてもいいわよ。ただし昇《しょう》進《しん》試験を受けてもらうわ。筆記で五科目、実技で二科目」

んじゃいいや。俺がとっさに欲しいのはエンジン付きの免許《めんきょ》なんでね。

「あきらめがいいのとポジティブ思考って同じ意味じゃないのよ。少しは粘《ねば》ってみたら、そうね、何かしらあげないでもなかったのにさ」

団員一号、なんて書いてある腕章《わんしょう》だったら遠慮《えんりょ》する。そりゃ下っ端《ぱ》その一って意味

だろうからな。

「んん、解った？」

ハルヒのヒョットコみたいな笑顔《えがお》を眺めているうちに、部室の前に到着《とうちゃく》した。

ノックもせずにドアを開けるのは、ハルヒにとってこの部屋が自宅みたいなものだからであり、俺は俺で、もし朝比奈さんが着替《きが》えの最中だったりしたら即座《そくざ》に後ろを向かねばならないから、それを確認《かくにん》するために空いた扉《とびら》の隙間《すきま》をうかがうという行動は誰からも責められることはないだろう。

「…………」

居たのは長門だけだった。

テーブルの隅《すみ》っこで愛用のパイプ椅子《いす》にちょんと座り、一人静かに数学者の伝記を読んでいる。いつ来ても俺たちより早く部室にいるが、こいつは掃除《そうじ》当番になったことがないのだろうか。ありえる。

ハルヒは長テーブルに鞄を放《ほう》り出すと、団長席に着いてパソコンの起動ボタンを押した。俺も自分の鞄をハルヒのものの隣《となり》に置き、いつのまにか定位置になった席に尻《しり》を乗せた。

ハードディスクがカリカリと音を立てるのを聞きながら、昨日から置きっぱなしになっている古くさい碁盤《ごばん》の盤面を眺《なが》める。やりかけの詰碁《つめご》。モザイクのように見える白黒模様の情勢は終局間際《まぎわ》だ。手なりで進めて黒の三目半勝ち。俺にも解《わか》るくらいだから初心者レベルの問題だな。

「キョン、お茶」

朝比奈さんが来るまで待てよ。彼女のお茶くみスキルは、今や現代に蘇《よみがえ》った古田織部《ふるたおりべ》並みと言っても言い過ぎではないぞ。

「言い過ぎよ。茶道と一緒《いっしょ》にしてどうすんの。朝比奈流の創始者になるんならカルトな茶の湯流派として折り紙付きだけど」

ハルヒの目はモニタの上を這《は》っている。キーボードを引き寄せ、何やら文章を打ち込む風情《ふぜい》だが、何の文書作成だろうと俺は疑問視し、

「そういや昨日もやってたが何を書いてんだ。サイトの日記ページ更新《こうしん》か？」

「内緒《ないしょ》。極秘《ごくひ》文書よ。団外に漏《も》れたら大問題だからね。流出したらまっ先にあんたを疑うわよ」

ニヤリとしつつ、ハルヒはけっこうな手さばきでキーボードを叩《たた》いている。器用なものだ。

俺は肩《かた》をすくめ、冷蔵庫ににじり寄ると中から水出し烏龍茶《ウーロンちゃ》のボトルを出して、自分の湯飲みに注《つ》ぐついでにハルヒと長門のぶんも入れてやった。

目の前に湯飲みを置いてやっても長門は目もくれず、ハルヒは俺の手から直接ぶん

どって一気のみ。チラッと見てみる。パソコンのモニタが映していたのはワープロソフトの新規ファイル作成画面らしかった。

「またチラシ作りか？」

「違《ちが》うわよ」とハルヒは俺に湯飲みを突き返し、「万一の時の事前準備よ。抜《ぬ》き打ちテストみたいなもの。そんな変な顔しなくていいわ。なにもあんたに受けさせようとは思ってないから」

じゃあ誰に対しての試験問題だ？

「いいじゃないの。見ないでよ。書きにくいじゃないの」

ハルヒが画面を隠《かく》すように覆《おお》い被《かぶ》さるので、俺は元の席に退散する。

ちびちびとアイスウーロンを飲みながら、手持ちぶさたのあまり碁盤に石を置いていると、間もなく古泉がやって来た。こいつの顔を見て安心するのも業腹《ごうはら》だが、今日はなんとなくそんな思いがする。ひょっとしたらアルバイトとやらにかこつけて部活を休むんじゃないかという予想をしていたんでね。それに大抵《たいてい》のゲームは一人でやってていてもツマランものだし。

「ホームルームが長引きまして」

古泉はせんでもいい弁解をして部室のドアを閉めると、盤上《ばんじょう》を見下ろして微笑《びしょう》を浮《う》かべた。

「もはや打つ手なしですね。投了《とうりょう》です」

平素の笑みだ。ハルヒがいる手前、無理して作った表情かもしれないが、俺には普通《ふつう》に見える。向かいに腰掛《こしか》けた古泉は、十九路盤から石を取り除き、碁笥《ごけ》に戻《もど》しながら、

「一局いかがです？」

いいとも。ただしハンディキャップマッチだぜ。毎回同じヤツに勝ちすぎるのもやってて面白《おもしろ》いことじゃないしな。俺はハルヒじゃないので勝敗よりも内容を重視するのさ。

「助かります」

古泉は黒石を選択《せんたく》して、四子《し》ほど置いた。

しばらく無言で序盤戦を演じる俺と古泉。読書に没頭《ぼっとう》する長門。部室内で聞こえる音は、ハルヒがカタカタと立てるパソコンの操作音と、閉じた窓の外から漏れてくる運動部の奇声《きせい》くらいのものだった。

静かな春先のひととき。のどかで平和で、何も変わらない。

そうやって五分ほど経過、やがて控《ひか》え目なノックが耳に届いて、

「ごめんなさい。遅《おく》れちゃいました」

どこまでも穏《おだ》やかな物腰《ものごし》で朝比奈さん登場、そしてその横には、

「やっぽーい！」

鶴屋さんが片手をぶんぶん振《ふ》りながら、満面の笑みで室内を照らし出していた。

「やあやあ皆《みな》の衆っ、またかって思うかもしれんけど招待状を持ってきたよろ！　わははは、花見大会第二弾《だん》さっ！」


それは次のゴールデンウイークに開催《かいさい》されるのだとおっしゃった。

鶴屋さんが俺たちに配った上等な和紙には、顔真卿《がんしんけい》が書いたような毛筆でなにやら記してあったが日付以外まったく読めん。ハルヒが音読してくれなければ、俺は博物館の学芸員を電話帳で探して訪ねることになっただろう。

朝比奈さんがメイド衣装《いしょう》に着替《きが》え終え——その間俺と古泉はもちろん退室——てから振る舞《ま》った熱いお茶を、たまに訪《おとず》れるSOS団客分はカジュアルながらも上品に一口すすって、「ぷはーっ」と感心するほどそのままな擬音《ぎおん》を発した後、

「この前したのはソメイヨシノくんたちのお花見さっ。今度は八重桜大会《やえざくら》だよ！　だってほら、大昔は桜って言えばこれだったんだからねっ。家の庭に天然物がいっぱい生えてんのさ。その時期になると蓑虫《みのむし》だらけだけど風流なもんだよっ」

鶴屋さんはお茶をガブリと飲み込み、目を閉じてそらんじる。

「いにしへの〜奈良《なら》の都の八重桜〜っ」

「けふ九重《ここのへ》に匂《にほ》ひぬるかな、ね」

ハルヒが下の句を引き継《つ》ぎ、力強くうなずいた。

「確かに園芸品種ばかりが持てはやされる現在の風潮には苦言を呈《てい》すべきよ。他《ほか》のが散ってもまだ頑張《がんば》っている八重ちゃんにもっとスポットが当たってしかるべきだわ。さすがね、鶴屋さん」

鶴屋さんほど「さすが」という枕詞《まくらことば》が似合うお人もいないだろうが、もしかして鶴屋家は飛鳥《あすか》時代あたりから続く貴族の末裔《まつえい》なのか？

「そんな昔のことは知んないよっ。どうだっていいことっさ！　知りたくなったら家系図を見ればいいけど、探すのもメンドイからね！」

さばさばと言ってのける鶴屋さんがひたすら頼《たの》もしい。いつまでも朝比奈さんとペアを組んでて欲しいね。ハートとダイヤのクイーンでツーペアだ。鶴屋さんがそばにいる限り、朝比奈さんにちょっかいを出そうなどという不埒者《ふらちもの》は現れないだろうからな。ハルヒ？　ああ。あいつはジョーカーが相応《ふさわ》しい。ファイブカードには不可欠のな。

俺が決して見飽《みあ》きることのない朝比奈さんの給仕姿にひとしきり和《なご》んでいる間、鶴屋さんとハルヒは、

「ひさかたの～光のどけき春の日に～」

「しづ心なく花の散るらむ」

「ひとはいさ〜心も知らずふるさとは〜」

「花ぞ昔の香《か》ににほひける」

二人で百人一首暗唱大会を始めた。

「もろともに〜あはれと思へ山桜〜」

「花よりほかに知る人もなし」

「春の夜の夢ばかりなる手枕《たまくら》に〜」

「かひなくたたむ名こそをしけれ」

「天の原〜ふりさけみれば春日《かすが》なるっ」

「三笠《みかさ》の山にいでし月かも」

「み吉野《よしの》の山の秋風小夜《さよ》ふけてっ！」

「ふるさと寒く衣《ころも》うつなり！」

ここまで来たら春も桜も関係ない。夏を飛び超《こ》えて秋まで行ってる。

「ふうーん？　じゃ、これはっ？」

鶴屋さんは一瞬《いっしゅん》だけちょっと面白《おもしろ》い顔をして、

「やまざくらっ、咲《さ》き初《そ》めしよりひさかたの！」

「あれ？」

それまで調子よく答えていたハルヒが詰《つ》まった。

「そんなのあった？　誰の歌？」

鶴屋さんの引っかけ問題への解答は思わぬヤツが出した。本日初めて聞く抑揚《よくよう》のない声が、

「……雲居にみゆる滝《たき》の白糸」

長門はページをめくりつつ、低温な声で付け加えた。

「源《みなもとの》俊頼《としより》。百人秀歌《しゅうか》」

「やるねえ、さすがは物知り魔神《まじん》有希っこだ！」

鶴屋さんがケラケラ笑いながら賛辞を送るが、長門は無感動な瞳《ひとみ》を変色させたりはしなかった。でもって俺は何がそんなに面白いのか解《わか》らない。後で調べておこう。

鶴屋さんは続いて三首ほど上の句を詠《よ》み、すべての下の句を長門に答えさせてから、満足したように、

「じゃっ！　またねっ。ありがとみくるっ。お茶おいしかったよ！　本年度もよろしくっ！」

かしましくそう告げて、部室を出て行った。恐《おそ》ろしく足の速い小規模台風のような人だ。来たと思ったらいつのまにか遠くにいる……。

しかし、その場を明るくすることにかけては天才的だな鶴屋さん。というか何だったら苦手なんだ鶴屋さん。この世で最も泣き顔の想像つかない人だぜ。やっぱりかな

わん。

ハルヒはズルズルとお茶を飲みつつ、

「これでゴールデンウイークの予定が一つ埋《う》まったわ。そうね、桜を見ながらみんなで短歌を自作しましょうよ。後世に残って歌集に入りそうなやつ」

秘密文書作成に飽《あ》きたのか、鶴屋さんが残した和紙を歴史的遺物であるかのように眺《なが》め回している。せめて川柳《せんりゅう》にして欲しいね、と思ってたら、突然《とつぜん》思い出したように、

「それはそうとして、まずは明日することを発表しないといけないわね」

ハルヒはやおら机の上に飛び乗って仁王《におう》立ちし、

「それでは新年度第一回SOS団全体ミーティングを始めます！」

極上《ごくじょう》の笑顔《えがお》と声と態度で叫《さけ》んだ。

通算何度目なのか、記録も記憶《きおく》もしてなんぞいなかった俺と同じでハルヒも覚えていなかったらしく、あっさり数字をリセットされたミーティング内容は次のようなものだった。

「今度の土曜日、つまり明日！　午前九時に駅前にて全員集合すること。そろそろこの世の不思議が登場してもいいと思わない？　長いこと前振《ふ》りしたんだし、きっと向

こうもあたしたちの気合いに応《こた》えようって気になってるような気がするわ。それに春だし！　ぽかぽか陽気であったかくなって、うたた寝《ね》しているところをすかさず捕獲《ほかく》するってわけ」

現役《げんえき》を引退したシャミセンじゃあるまいし、野良猫《のらねこ》でもそんな手が通用するとは思えんが。

「あのね、キョン。この団を設立してそろそろ一周年なのよ。期限は迫《せま》ってんの。一年間活動やってて結果ゼロじゃあ示しがつかないでしょ？」

誰にだよ。

「自分自身によ！　他人にはいくら優《やさ》しくしてもいいけど自分のことは厳しく律しないと人間ダメになるわ。こういうの、何て言うんだっけ？　薄利《はくり》多売じゃなくて自給自足じゃなくって艱難辛苦《かんなんしんく》でもなくて……、みくるちゃん解る？」

「え」

いきなりふられた朝比奈さんは、顎《あご》に人差し指を当てて、

「うーんと、自賠責《じばいせき》保険ですかぁ？」

「信賞必罰《しんしょうひつばつ》ですかね」

指に挟《はさ》んだ黒石に注視する目を据《す》え置いたまま古泉が取って付けたようなコメントをし、俺も何か言うべきかと考えていると、

「そのような意味に該当《がいとう》する四字熟語は辞書的に存在しない」

長門がポツリと言葉をこぼしてくれたおかげで、俺は発言の機会を喜んで放棄《ほうき》する。それこそ自作すればいい。他愛自厳てなのはどうだい。

ハルヒは俺ではなく長門に目を向け、

「そうだっけ？　あったような気がするけど」

全体とは名ばかりで、俺たちの意見など立て付けの悪い板戸の隙間《すきま》ほども参照しない団長は、それで納得《なっとく》したようだ。

「ではミーティングを終わります。下校時間が来るまで自由時間！」

すとんと椅子《いす》に腰《こし》を下ろし、再びパソコンいじりを開始した。


校内に居座っている生徒を追い立てるチャイムが鳴ると同時に長門が本を閉じ、その仕草を合図として俺たちは一日の終了《しゅうりょう》を知る。ある意味、各種セミの鳴き声並みに正確な時間割行動だ。

朝比奈さんの着替《きが》えを待ったのち、部室を後にしたのは、まだ少し肌寒《はだざむ》い日暮れ間《ま》際《ぎわ》の候だった。

下校ルートの坂道をだらだら下っていると自然に男女間で距離《きょり》ができる。ハルヒと朝比奈さんが肩《かた》を並べて先頭を行き、少し離《はな》れて長門が黙々《もくもく》と両脚《りょうあし》を交互《こうご》に動かしている。

数メートル後ろで、俺と古泉は三人娘《むすめ》の背中を眺めながらしんがりを務めていた。

せっかくの機会なので訊《き》いてやろう。

「どうだ、調子は」

「昨日の今日です。現状に変化はありません」

古泉は即席乾麺《そくせきかんめん》のような微笑面《びしょうづら》のまま答え、

「僕の取り越《こ》し苦労なのかもしれませんね。長門さんと朝比奈さんの反応からして、とりたてて佐々木さんを意識しているようには思えません。この度《たび》の閉鎖《へいさ》空間発生が一過性のものだったらいいのですが」

新学期が始まってからしばらく経《た》つが、長門と朝比奈さんが俺の元同級生に言及《げんきゅう》したことはなかった。当たり前だ。昔の知り合いと立ち話するのに逐一《ちくいち》気を遣《つか》っていては俺の神経が保《も》たん。

「佐々木さん以外の誰かでしたら、そのような気遣いは無用ですよ。彼女だから問題なんです」

あいつはちょっと変わってるだけの女だ。ただの通りすがりだろ。

「あなたの意見に諸手《もろて》をあげて賛成しますよ。僕もそう確信している。理屈《りくつ》抜《ぬ》きで、それは我々にすれば自明のことなんです。僕が恐《おそ》れているのは勘違《かんちが》いをする人々です。そして、その誤解を利用しようとする人々もね」

「何だそりゃ」

国木田や中河に利用価値があるとは思えんぞ。

俺の疑念に対し、

「あなたのお知り合いの中でもそのお二方はシロですよ。ですが——」

古泉はご丁寧《ていねい》に鞄《かばん》を提《さ》げ直してから肩をすくめた。

「いえ、やめておきましょう。杞憂《きゆう》ならばそれに越したことはありません。ああ、これだけはご安心ください。佐々木さんに何らかの危害が加えられるような事態は確実に皆無《かいむ》です。『機関』はそんなことをしません。理由がないのでね」

当然だろう。何を言ってんだ、お前は。

「これは失礼を。あなたの杞憂を解消しようとしたんですが、いや、忘れてください。今のは蛇足《だそく》でした」

世話好きな下級生が見たらコロリと墜《お》ちそうな、哀愁漂《あいしゅうただよ》う微苦笑《びくしょう》を浮《う》かべ、古泉は前を向いた。その視線の先を追うと、長門の後ろ頭の向こうでハルヒが朝比奈さんと楽しそうに談笑する横顔が覗《のぞ》いていた。

その日。

いつもと同じ下校シーンを演じ、俺たちは光陽園《こうようえん》駅前で解散した。

「また明日ね」

ハルヒは「たまにはあたしより先に来なさいよね」と本心かどうか解《わか》らん顔つきで俺を睨《ね》め付け、制服のリボンとスカートの裾《すそ》を翻《ひるがえ》し一番に背を向けて、朝比奈さんが小さく手を振《ふ》ってから団長に続いた。ふと姿を捜《さが》すと、長門の小柄《こがら》な後ろ姿は自宅マンション方面にすでに遠ざかりつつある。

「明日、何事も起こらなければいいのですが」

最後に古泉が独白めいた口調で呟《つぶや》き、俺はそんなはずあるかと思った——。

——の、だが。

古泉の見通しは甘《あま》かった。同時に俺もだ。

この時、事態はすでに進行しつつあったのだ。誰も気づかなかっただけで、それはもう始まっていたんだ。俺を始めとする全員は、とっくに渦中《かちゅう》に放《ほう》り込まれていた。SOS団だけじゃない。国木田も谷口も中河も須藤も、俺が知るのと知らざるのとにかかわらず総《すべ》ての者たちが。

しかし俺がそれと悟《さと》るには、さらなる日時の経過が必要だった。明日？　そんなもんじゃ生温《なまぬる》い。だが、その前兆めいた出来事がこの翌日にあったのも確かだ。単なる前兆か、偶然《ぐうぜん》を装《よそお》った必然か、誰の仕向けたことなのか……。

土曜日の朝。午前九時前の駅前で、俺は二人の人物と再会し、見知らぬ一人と初顔合わせを果たした。そして、さらにもう一人の顔見知りがすぐ近くに潜《ひそ》んでいると教えられることになる──。

その日、俺は珍《めずら》しく目覚まし時計と妹より早く目覚めると、一日の始まりの作業として俺の枕《まくら》に頭を乗せて眠《ねむ》っていたシャミセンをまず床《ゆか》に転がして落とし、次に自分の身体《からだ》を起きあがらせた。

快活そのものの爽《さわ》やかな覚醒《かくせい》だ。休日の朝としては久々の感覚がする。まるで体重が半分になったように手足が軽い。やはりアラームや妹に頼《たよ》らない自然の目覚めが健康の秘訣《ひけつ》か。

俺は足取りも軽《かろ》やかに部屋を出ると、これも久しぶりとなる妹抜《ぬ》きの朝食を摂《と》り、即座《そくざ》に着替《きが》えて自転車に飛び乗った。早い早い。時計はまだ午前八時を過ぎたあたりだ。このぶんではハルヒを出し抜けるかもしれない。あるいは空気を読んだ古泉が気を回してラストランナーになるかだな。一回ぐらいハルヒに奢《おご》らせてもヘソを曲げたりせんと思うのだが、一高校生の財布の中身より『機関』とやらの資金は潤沢《じゅんたく》だろう。古泉のバイト料も豊富に違いない。

快調に自転車を走らせる俺の目の端々《はしばし》に、地に落ちたピンクの花吹雪《ふぶき》が映る。一雨来たら桜の木たちの今年の仕事は完全に終了《しゅうりょう》しそうだ。

駅前駐輪《ちゅうりん》場《じょう》の前までチャリを転がしてきたところで、俺は左右を確認《かくにん》する。

佐々木がひょっこり出てきそうな予感があったからだが、言うまでもなく、自称《じしょう》中学時代の俺の親友は視界の中にいなかった。古泉のためにも安心してやろう。自分のためではなく。

腕時計《うでどけい》を見るとまだ待ち合わせ時間まで三十分以上ある。今日は余裕《よゆう》だな。

俺は鼻歌まじりに自転車を一時有料スペースに置き去り、悠然《ゆうぜん》たる面持《おもも》ちで集合ポイントに向かい、SOS団の誰も来ていないことを発見した。

だが、会心の笑《え》みを浮かべることはできなかった。それどころか明るかった日差しが暗転したような気すらした。

愕然《がくぜん》として足を止めた俺に、

「やあ、キョン」

佐々木がドッキリに成功した仕掛《しか》け人のようなスマイルで、

「また、会ったね。非常に喜ばしいことだ。キミにとってはそうではないかもしれないが、あいにく僕はこの状況《じょうきょう》に少しばかり楽しみを見いだしている。といってもエキサイティングというよりは、インタレスティングと言うべきだが」

俺は朽《く》ち木のように立ちつくす。

佐々木は一人ではなかった。両脇《りょうわき》にあわせて二人の少女を随伴《ずいはん》している。そのうち一人の顔は絶対に忘れたりしない。俺の脳内にある指名手配書にしっかり刻まれたツラだ。とっさに殴《なぐ》りかからなかったのは、ひとえに俺がこの一年で培《つちか》った自制心のたまものである。

「お前……！」

よくも、ノコノコと。

「こんにちは」

ひょいと頭を下げ、そいつはニッコリ微笑《ほほえ》んだ。

「ご無沙汰《ぶさた》していました。あなたの未来人さんはお元気？　朝比奈さん。んふっ。そんな顔しないでよ。あたしたちはそっちからは手を引いたのです」

先々月、二月の中旬《ちゅうじゅん》にあった事件の顚末《てんまつ》が一気に頭を走り抜けた。

八日後からやってきた朝比奈さん。朝比奈みちると名付けたのは俺だった。俺と彼女は朝比奈さん（大）の指令書によっていくつかのお題をクリアすべく走り回ることになった。空き缶《かん》と釘《くぎ》のイタズラ、鶴屋山のひょうたん石、カメと少年、謎《なぞ》のデータ記憶媒体《きおくばいたい》といけ好かない未来人……。

そして朝比奈さん誘拐《ゆうかい》事件。

掉尾《とうび》を飾《かざ》ったカーチェイスの最後の最後、新種の男未来人とともに現れた誘拐犯どもの中にいた女だ。誘拐グループのリーダーのように振《ふ》る舞《ま》っていた紅一点。森《もり》さんの恐怖《きょうふ》を通過して失神しそうな笑顔を向けられても平然としていたあの少女。

そいつが佐々木の真横、俺の目の前に立っている。

俺と誘拐女の確執《かくしつ》を知ってか知らずか、佐々木は緩《ゆる》やかに片手を割り込ませて、

「紹介《しょうかい》するよ、キョン。彼女は橘京子《たちばなきょうこ》さん。僕の……そうだねえ、知人と言うべきだろうね。最近知り合いになったばかりで、友人と呼べるほどの交流はまだない。橘さんの話はところどころ興味深いが」

佐々木はくつくつと喉奥《のどおく》で音を立て、

「その顔じゃあ、彼女とはどこかで会ってたみたいだね。それもあまり良くない出会いかただ。予想はしていたけれど」

「佐々木……」

俺は老人のようなしわがれ声を出した。

「そんなヤツと付き合うのはやめろ。そいつは……」

——俺たちの敵だ。

「そうみたいだね」

佐々木は何気なさそうに、

「でも僕の敵ではないみたいなのさ。そこが少し面白い。途方《とほう》もない話を聞かせてくれたよ。僕には理解しがたいが、思考するだけならいい気晴らしになる。精神的エアロビクスにね。納得《なっとく》はできない、しかし認識はできるといった感じだろうか」

誘拐犯——橘京子は微笑《ほほえ》ませた唇《くちびる》をわずかに尖《とが》らせ、

「いやだ、佐々木さん。あなたにはぜひ納得して欲しいのです。でないと、」

まるでペットショップの店頭に並ぶ檻《おり》の中の子犬を見るような目を俺にくれ、

「この人には話が通じそうにないから。あたしの言うことなんか三秒以上聞いてくれないでしょう。違《ちが》う？」

違わん。あまりにも当たり前だった。朝比奈さんを拐《かどわ》かすような人間は誰だろうが弁護人抜《ぬ》きで即刻法廷《そっこくほうてい》で裁かれるべきに決まっている。古泉はまだ来ないのか。森さんと新川さん、多丸《たまる》氏兄弟は？

「キョン、聞いているかい？」

ちょっと待っててくれ佐々木。俺は今、まだ信頼《しんらい》を置いてもよさそうな人たちの姿を探している最中なんだ。

「それはすまないね。でも、どうしてもキミに紹介しておいたほうがよさそうな人がもう一人いるんだよ。取り急ぎ、優先順位をこちらにくれないだろうか」

誰だ。あの性格の悪そうな未来人野郎《やろう》なら改めての紹介なんかいらんぞ。

「キミが誰のことを言ってるのかはおおよその見当がつくけど、さしあたって彼ではないよ」

佐々木は橘京子の立ち位置とは反対側の手を挙げて、

「キミと二メートル以内の空間範囲《はんい》で同時存在してみたい、と僕は言われた。まあ、引き合わせてもいいと思ったのでね。放置していたらキミにより以上の迷惑《めいわく》をかけそうな雰囲気《ふんいき》だった。彼女は……そうだね、ストレインジというよりは、ちょっとキュアーかな」

俺は佐々木の指先延長線上を見る。

最初、何がそこにあるのか解《わか》らなかった。

黒いインクを水で満たしたグラスに垂らしたような、ぼんやりと滲《にじ》む靄《もや》みたいなもの……それがファーストインプレッションで、自分の網膜《もうまく》に映っているものがよく見かける女子校、光陽園女子の黒い制服姿だと脳が認めるのに数秒もかかった。

なのに認識《にんしき》した瞬間《しゅんかん》、その少女は百年前からそこに立っていたような確固とした存在感を俺に与《あた》えた。なんだ、この威圧《いあつ》感は。

苔《こけ》むした言葉の一つにある、異彩《いさい》を放つ、という表現がこれほど当てはまる人の姿を生まれて初めて見た気がする。

「な……？」

完全無欠に初対面だ。こんな少女を一瞬でも目に入れたら忘れるはずはない。

だが、この真冬の雪山のような寒気を伴《ともな》う肌触《はだざわ》りは何だ。似たような気配をどこかで感じたことが――。

そいつが緩慢《かんまん》に顔を上げ、相貌《そうぼう》と表情を露《あら》わにした瞬間、全身が総毛立った。こいつは幽霊《ゆうれい》だ。それか人外だ。人間じゃない。

「――――」

長門よりも無機質な白い顔のその女は、たとえようもなく黒い硬質《こうしつ》ガラスのような瞳《ひとみ》と、つや消しスプレーを吹《ふ》きかけたカラスよりも暗い色の髪《かみ》を持っていた。その髪は腰《こし》よりも長く伸《の》び、おまけに波濤《はとう》のように波打っている。まるでやたらと長くて量の多いモップのような髪の毛だ。下に行くほど左右に広がり、表面積のほとんどを髪が占《し》めていると言っていい。翼《つばさ》のように羽ばたいて空を飛んでも不思議ではないほどの、あまりに特徴《とくちょう》的な髪型をしている。目立って仕方がないはずなのに、佐々木に言われるまで姿形がまったく見て取れなかったのは、これは完璧《かんぺき》に異常事態だろう。

素早《すばや》く周囲をうかがうと、案の定、通行人たちは佐々木や橘京子には目を留めるが、こいつには目もくれない。

「何もんだ、お前」

「────────」

直立したまま、そいつは言葉を発することも瞬《まばた》きもせず、神社でハトの群れから一羽を識別しようとするかのような目で俺を見ている。機械よりも機械的な視線だった。どんなにヘボいデジタルカメラでももう少し人情味溢《あふ》れるレンズを持っている。

「────────」

長門とは似ているようで種類の違う無表情だ。メーカーと工場と原産地が違う。長門が野外に放置した氷なのだとしたら、こいつはドライアイスだった。解けることのない、蒸発して消えるだけの冷気の塊《かたまり》みたいに。

薄《うす》い色をした唇が義務的に動く。

「──ああ……」

重たげに開いた口が吐《は》いたのは、白い煙《けむり》ではなく意外に普通《ふつう》に人間の言語だった。構えていただけに、やや虚《きょ》をつかれたことを白状せねばなるまい。

「わたしは────観測する。ここは────とても……時の流れが遅《おそ》い場所。温度が────退屈《たいくつ》」

眠《ねむ》たさが極限に達したあまり死にそうでもあるかのような声質をしている。声に色があるのだとしたら、古びた映画のようにモノトーンでセピアチックなシロモノだ。

そいつは俺から目を逸《そ》らさず、

「──今度は…………間違えない──あなたが…………それ」

とことん意味不明なことを言った。見かけが見かけだけに、この辺のところは奇妙《きみょう》に印象と合致《がっち》していた。しかし何だ、この違和《いわ》感は。既視《きし》感は。

「──わたしは──」

実にゆっくりと、そいつは言葉を続けた。

「九曜《くよう》──」

「くよう？」

どんな字を当てはめる、と聴《き》きかけた刹那《せつな》、

「周防《すおう》──」

「はぁ？」

くようすおう、でいいのか。

「……──周防──九曜──」

何なんだ。どっちだよ。こいつ、頭のギアが五枚ほど欠けてるんじゃないか？

佐々木の低く小さな笑い声が俺を現実に返した。

「キョン、彼女はずっとそんな調子だよ。面白《おもしろ》い人だろう？　僕は九曜さんと呼んで

いるが、欠けているのは歯車ではなくて、固有名詞に対するこだわりさ。彼女は個人というものが上手《うま》く認識できないようなんだ。いやいや、病気ではないよ。端的《たんてき》に、そういう人なのさ。それ以外に説明できない」

しかしこの九曜なる女の応対は、会話の成り立たなさで初対面時の長門を遥《はる》かに凌《りょう》駕《が》する……。ん？　長門？

──まさか、もうどっかその辺にいるんじゃなかろうな。

──ありうる。

冬休みのSOS団合宿。スキー場の猛吹雪《もうふぶき》。幻《まぼろし》のように浮《う》かび上がった雪の中の館《やかた》。そこで長門は熱を出して倒《たお》れ、俺たちはそこから長門のヒントとハルヒの直感と古泉の機転によって脱出《だっしゅつ》し、今では白昼夢とされた一つのエピソード。

情報統合思念体とは別口の地球外生命体──広域帯宇宙存在。

「そうか」

俺はそいつの顔を二度と忘れないように脳細胞《のうさいぼう》のメモリ空間に焼き付けた。

「てめえか。長門とは種類の違う宇宙人ってのは……」

「──宇宙……人──？　それは──何──」

「しらばっくれるな」

俺だってこんな簡単な事件編の解答編なら速攻で弾《はじ》き出せるさ。誘拐犯《ゆうかいはん》、橘京子は古泉たち『機関』と対立している。朝比奈さんの担当はあの未来人野郎《やろう》に相違《そうい》ない。引き算ですぐに出てくる答えだろうが。長門に対応しているのは、こいつ、周防九曜でドンピシャ、今すぐタリホーと叫《さけ》びたい衝動《しょうどう》に駆《か》られる。

かつて、鶴屋家からの帰り道で会った古泉のセリフが蘇《よみがえ》った。

――たとえ話をしましょう。ここにAという国とBという国が（中略）Aに敵対する勢力Cと、Bに敵対する勢力Dが（中略）そのCとDが同盟を結び（後略）――。

ついに来たか。長門たち情報統合思念体がFだとしたら、Gの勢力の尖兵《せんぺい》が。

身構える俺を銅鐸《どうたく》のレプリカを見るように、

「――あなたの――」

九曜は古くなって伸《の》びきったカセットテープのようなピッチの狂《くる》った声で、

「瞳《ひとみ》は――――とても――――きれいね……」

パーフェクトに無意味なセリフを吐いた。

結論。

こいつは長門や喜緑さんや今はなき朝倉涼子《あさくらりょうこ》よりも出来の悪い宇宙人だ。いくら真意を探《さぐ》ろうとしても時間の無駄《むだ》にしかならない。探りたくもあるものか。まったく仲よくなりたくはない。

「キョン、キミはそう言うがね」

佐々木は吹《ふ》き出す代わりに腹を押さえ、

「僕には彼女たちしかいないんだ。他《ほか》に寄ってきてくれた人はいなかったよ。北高にはバラエティに富んだ九曜さんのような人がたくさんいるのか？　それはそれでよさそうだけど、残念ながら僕は北高生ではない。文句を言いながら、あと二年を過ごさなければならないんだ。首尾《しゅび》良く志望大学に受かったら、そこで死ぬほど楽しんでやるつもりだよ」

「佐々木」と俺は旧友に言った。「お前、こいつらの正体を知ってんのか」

「聞かされたからね。今は知っている。かなり突拍子《とっぴょうし》もない話だったよ。だから信じているかどうかと言うと、ちょっと微妙《びみょう》だった」

俺を見る佐々木の目は崩《くず》した線のように笑っていた。

「でもキミの反応で解《わか》ったよ。彼女たちは本物なんだね」

九曜と橘京子へ、湯通しするようなサラリとした目を向け、

「地球外知性の人型インドルーダーと、リミテッドな超《ちょう》能力使い。それから未来人だったかい？　スリーカードというよりは三重苦って気がするけど、なるほど。信じる気になってきた」

やめとけよ、佐々木。そんなヨタ話に付き合うな。俺の二の舞《まい》になるぞ。くそ、九曜とかいうバケモノはともかく、橘京子ともここが初対面なら俺も違《ちが》った反応をした

のに、なまじ顔を知ってて余計な態度を取っちまった。佐々木は頭も目もいいヤツだ。今からしらばっくれても俺の説得能力じゃ歯が立たない。

張本人の橘京子は、犯罪者とは思えないくらいの温かな顔で微笑《ほほえ》みっぱなしだ。こいつ、二月にわざわざあんな真似《まね》をしたのは、この時の演出を狙《ねら》っていたからなのか。ということは、あの未来人野郎もか。どこにいやがる。

疑惑《ぎわく》の眼差《まなざ》しをほうぼうに向ける俺に、橘京子が、

「バカバカしいから遠慮《えんりょ》する、ですって。どこかにはいるでしょうけど。今日は顔出ししないみたい」

今日、というところにアクセントを置きつつ、野郎の伝言を告げてくれた。

顔を見たくないのはお互《たが》い様だ。できれば謎《なぞ》の娘《むすめ》二人にも辞退願いたかったが。

「そうもいきません。だって延ばし延ばししててもいつか必ずこうなったわ。これでもずいぶん待ったのです。もういいんじゃない？」

口を閉じて声に出さない笑い声を出してから、

「たぶん彼もそう思ってます。来るべきものは来るものよ。どんなに先延ばししても、避《さ》け切れないことってあるのです。早いほうが傷も浅くてすむでしょう？」

今度は「カレ」という二音を強調し、てっきりそれは未来男のことかと思ったら、違った。

橘京子の視線は、俺を透明人間《とうめいにんげん》だと見なしているかのように通過して、そのまま背後へと向いている。戦慄《せんりつ》すら覚えるイヤな予感が背筋を走り抜《ぬ》けた。たまに思うんだが戦慄だの恐懼《きょうく》だの名状しがたいだのってのは、表現としてよく使うが本当の意味とそんな感覚はめったにお目に掛《か》かれない。絵に描《か》いた餅《もち》とかネギを背負ったカモなんてのもだ。

すべて吹き飛んだ。解った、これだ。今、俺は言語表現では到底《とうてい》言い表せない名状しがたき戦慄と恐懼を覚えている。

振《ふ》り向く。

古泉が立っていた。駅の改札方面から来たのだろう、ラフな中にも格好つけた非の打ちどころのない装《よそお》いで身を包み、まるで俺が気づくのを待っていたような風体でパンツのポケットに手を突《つ》っ込んで、手持ちぶさたそうにしている。

古泉だけならよかった。俺が相手をしている三人と対等に論戦を繰《く》り広げられそうな唯一《ゆいいつ》の北高生なんだしな。

「う……」と俺は一しずくの汗《あせ》をタラリと垂らす。

どう考えても最悪なのは、古泉の横に涼宮ハルヒというSOS団の絶対権力者がいて、まるで代官の悪事を目撃《もくげき》した守護大名のような表情で俺をポカンと眺《なが》めていることであり、さらにその斜《なな》め後ろに長門と、ついでに朝比奈さんまでがいたことだ。

要するに、ＳＯＳ団団員がいつのまにか集合場所に揃《そろ》っていた。しかも全員、直接フリーキックを防ごうとする壁《かべ》を作るようにして、俺と佐々木たちを遠巻きにしてるってこった。

時計を見ると午前九時までは十五分あまり残している。何時《いつ》からそこにいたのかは知らないが、道理でいつも時間オーバーしているわけでもないのに俺が最後になっちまうわけだぜ。

しかし、そんな余裕《よゆう》をぶっこいている場合でもなかった。

ハルヒは俺と目が合うや、ずんずんとこちらに向かって来た。その後ろをお雛《ひな》様に付き従う三人官女《かんにょ》みたいに他のメンツもついてくる。さぞ毎回疲《つか》れるだろうにスキのない服装の古泉、相も変わらず言わない限り制服を着続ける長門、春らしく抑《おさ》え目なファンシースタイルの朝比奈さん。

巨大《きょだい》な雲海を伴《ともな》う超低《ちょう》気圧の接近をレーダーで捉《とら》えた管制官のような気分だ。

ハルヒは大麻《たいま》の香《かお》りを嗅《か》ぎ取った空港の麻薬《まやく》探知犬のように立ち止まると、

「あたしたちより早く来るなんて殊勝《しゅしょう》なことだと思ったけど、なに？　先約があったの？」

「たまたまだよ」

佐々木が答えた。ただしハルヒではなく、俺を見ながら。

「ここいらに住んでいると、どうしたって落ち合う場所としてここはうってつけなものだからね。僕は僕で知人と会う約束をしてたのさ。キョン、キミと同じで僕にだってキミの知らないうちに友誼《ゆうぎ》を結ぼんとしている人の数人はいるのだ。こうして集まったことだし、そろそろ退散させていただこう」

それは助かるな。悪いが一刻も早く退散して欲しい。だが、近くの喫茶店《きっさてん》には入ってくれるな。そこはこれから俺たちが行く場所なんでな。席が空いてなきゃ困る。

「よかろう。考慮《こうりょ》するよ。別れたばかりなのにすぐまた再会するのは気まずいからね。とりあえず電車にでも乗って遠くへ行こうと思う」

ちゃんと俺の意をくんだ返答をして、佐々木はハルヒに一礼し、

「涼宮さん、キョンのことをよろしく頼《たの》みます。どうせ彼は高校でもせっつかないと勉強や課外活動に力を入れたりしてないいんでしょ？　彼のご母堂の堪忍袋《かんにんぶくろ》の緒《お》が切れる前になんとかしないと、中学同様、放課後に予備校通いを強《し》いられることになるでしょう。たぶん、この一学期、次の夏休みまでが限度ね」

「え。あ。うん」

ハルヒは絶句するのを無理に回避《かいひ》したような言葉を漏《も》らし、山歩き中に新種の昆《こん》虫《ちゅう》を発見した子供のように目を丸くした。

誰かが俺の動揺《どうよう》を誘《さそ》う目的で仕組んだのだとしたら、本来ならこの二人のやり取り

で充分《じゅうぶん》なはずだった。しかし俺は、まだ上には上がいることを思い知る。

休みの日で人の流れの多い駅前、高校生が数人固まっている風景など、特に注目することなど何もない日常のスナップショットだ。

しかし、その一角で、俺は確かに見えない巨大な何かがぶつかり合って軋《きし》んでいる──聞こえるはずのない音を聞いたように思った。

佐々木がハルヒに笑顔《えがお》を見せているのと同じく、橘京子と九曜はそれぞれ別の方角に視線を向けていた。橘京子の瞳《ひとみ》に映っているのは我が副団長殿《どの》の頭の先から爪先《つまさき》までスタイリッシュないでたちだ。

挨拶《あいさつ》の言葉は何もない。古泉の微笑《ほほえ》みポーカーフェイスも変わらない。どことなく迷惑《めいわく》そうであったが、それと気づいたのは俺だけだったろう。一方、橘京子はようやく晴れ舞台《ぶたい》に立てた新人女優のように満足そうな顔をしていた。

しかも軋轢《あつれき》の音の発生源はこの二人ではないんだ。人間同士の対面にそんな大それた震動《しんどう》は検知されない。

遥《はる》かな地下で大陸プレートと海洋プレートがせめぎ合っているような、精神的に足元が不安になるこの感覚を俺に与《あた》えているのは──。

「…………」

「──」

互《たが》いに見つめ合って動かない二つの人影《ひとかげ》、長門と九曜だった。

思い返せば、そうだな。俺は長門が怒《いか》り狂《くる》っているような場面に何度か立ち会ったことがある。コンピ研とのゲーム対決、生徒会長の文芸部廃部《はいぶ》宣言とかな。対朝倉戦の時はそんなものを感じる余裕がなかったし、あの時点での長門はそんな感情などなかったかもしれん。

しかし今、ようやく解《わか》った。

長門の感情変化を読み取るまで鍛《きた》えられたと自負していた俺の眼力が、まだまだ中級レベルだったということを。

「……………」

一心不乱に無表情な長門の質実剛健《しつじつごうけん》なまでに無感情な双眸《そうぼう》には、腰《こし》が砕《くだ》け落ちそうになるほどに何もない虚無《きょむ》が反射していた。その透明《とうめい》感のある瞳に投影《とうえい》されているのは、周防九曜と名乗った別種類の宇宙人製人間モドキ。

周囲の喧噪《けんそう》も次々通り過ぎる通行人たちの姿も、どこかここではない遠くにあるように感じる。今すぐ地を割って巨大カマドウマが登場してもおかしくないと思えるほどだ。

まるで異空間に閉じこめられたような現実喪失《そうしつ》感覚――。

「あっ、あのぅ」

それを解除してくれたのは下界に舞《ま》い降りた妖精《ようせい》であり、俺の視神経と愛護精神の支えでもあるお方だった。

「キョンくん？　どうしたんですか？　顔色がよくないですよ……」

朝比奈さんが心配そうに俺を見上げている。

「風邪《かぜ》ですか？　あっ。汗《あせ》かいてます。ハンカチ、ハンカチ」

ポーチに手を入れて、そっと花柄《はながら》ハンカチを出すと俺に差し出してくる。

おかげで一気に目が覚めた。

「だいじょうぶです、朝比奈さん」

小綺麗《こぎれい》なハンカチを俺の汗などで汚《よご》したくはないね。こんなもん、シャツの袖口《そでぐち》で充分です。

あの未来人野郎《やろう》に一時的感謝だ。あいつがいなかったせいで朝比奈さんは古泉や長門みたいににらめっこする相手を見つけなくて済んだんだからな。

俺が台本もなしに大統領選挙応援《おうえん》演説TV中継《ちゆうけい》生放送の場に立たされたスポークスマンのような汗を拭《ぬぐ》っていると、

「キョン、僕はもう行くよ」

ハルヒと何か会話していた佐々木がそっちを切り上げ、

「そうそう。そのうちでいいから一度須藤に電話してやってくれないか？　本格的に同窓会を企画《きかく》し始めたみたいでね。この前また僕のところに連絡《れんらく》があった。どうやらキミを北高担当窓口にしたいみたいだよ」

なぜ俺じゃなくてお前に言うんだ。須藤が気があるのは岡本じゃなくて佐々木じゃないのか？

「それはないね」

佐々木はあっさりとした口調で、

「僕は誰かに好かれるようなことを何もしていない。誰かに好意を振《ふ》る舞うこともだ。それはキョン、キミが一番解るだろう？」

いや、解らんが。

「そうかい？」佐々木はくくっと笑い、「なら、そういうことでいいよ」

謎《なぞ》のようなセリフを言い、挙げた片手の手のひらを返した。

「では」

佐々木は俺の横を通って改札口へ歩き出し、橘京子と九曜も静かに移動を開始した。前者はまるで気取ったような素知らぬ顔で、後者はぼんやりとした靄《もや》のように。

古泉と長門が座禅《ざぜん》修行中のような無言でいる中、朝比奈さんだけがキョトンとしていた。どこまでも安心させてくれるお方だ。愛らしすぎて目眩《めまい》がする。アイムラビンニュー朝比奈さん、抱《だ》きしめて差し上げたい。

三つの姿が駅に消えるのを見送ってから、ハルヒが呟《つぶや》いた。

「やっぱり風変わりね。うーん、でも、あんたの知り合いにしては面白《おもしろ》いキャラだわ。不自然に作ってる感じがするけど」

お前にそう言われたら褒《ほ》め言葉ととるだろうよ。佐々木はそんなヤツさ。

「そうね、あんたよりは友達多そう」

俺よりよほど社交的だったのは真実だ。だがなあ、佐々木。

溜息《ためいき》を押し隠《かく》しつつ、俺は胃の奥で言葉を転がした。

まさか宇宙人や未来人や超《ちょう》能力者と友誼《ゆうぎ》を図《はか》らんでもいいじゃないか。いくら知人の環《わ》を広げるにしたって限度ってものを設定しとかないと。

んなこと考えていたのが悪かったんだろう。この時の俺はいまいち頭が回っていなかった。

橘京子には古泉、周防九曜には長門、名無しの未来人には朝比奈さん……。

では佐々木は？　すっかり抜《ぬ》け落ちていた。

あいつが誰と対応するのか、全然考えもしなかったんだからな。

佐々木および余計なオマケ二名と別れた数分後、俺たち五人はまるで義務であるかのように喫茶店《きっさてん》に転がり込んでいた。得々と語るハルヒによる本日の予定を粛々《しゅくしゅく》と聞くためである。

今回ばかりは俺の奢《おご》りにはならないはずだ。集合場所に一番に到着《とうちゃく》したのはこれでやっと二回目で、本当なら記念すべき事柄《ことがら》なのにいまいち喜べないのは、誰かを待っていたという感覚を持てないからだろう。長門と古泉と朝比奈さんが欠席したあの日、のんびりハルヒを待っていたあの時が懐《なつ》かしい。結局はあれも俺が金出したんだが、それでもだ。

「改札口でみんなと一緒《いっしょ》になっちゃったのよね」

と、ハルヒはアイスアメリカンをチュガガガと音高く飲みつつ、

「だから誰かが最後ってわけじゃないの。あんたが最初ってだけよ。だから今回はワリカンにしましょ」

何が「だから」だ。二回も言いやがって。接続詞のリフレインは頭悪く見えるぜ。それから勝手にルールを作りやがるな。だったら俺も長門か朝比奈さんと示し合わせてオクラホマミキサー踊《おど》りながら来てやる。

「それはダメ」

くわえたストローをプラプラさせて、

「あらかじめ談合しようったってそうはいかないわ。いっとくけどあたしは騙《だま》されな

いわよ。発覚したら罰金《ばっきん》十倍の刑《けい》だからね」

んなもん誰が調査するんだよ。口裏を合わせてたらバレようもないし、公正取引委員会ならまっ先にハルヒのところに行くべきだが、まあいいさ。罰金十倍となれば定期の解約どころか赤字手形の発行を銀行役に頼《たの》まねばならん。

「ところで今日のことだけど」

お冷やを飲み干したハルヒが一同を見回したので、俺も同調して他《ほか》三人の様子をうかがった。

セイロンティーのカップを上品に両手で包んでいる朝比奈さんはいつもの調子で熱心にハルヒの言葉に耳を傾《かたむ》け、長門はちびちびとしか減らないアプリコットの水面を見つめており、古泉は腕《うで》を組んだ微笑《ほほえ》みくんとなっている。

見かけ上、SOS団団員に変わりはない。長門はともかく、古泉が通常営業時の外面を崩《くず》さないのはあっぱれだと褒めてやるべきだろうか。それも込みで、この二人とは少しばかり話をしたい。

どうせ次のシーンはハルヒの好きな班分けクジ引き大会になるだろうからな、と思っていたら、

「二手に分かれるのはやめにするわ」

などと言い出した。

「思ったんだけどね。二人と三人で別行動にしちゃうのが悪かったんじゃないかしら。やっぱり一つの場所を巡《めぐ》るにしても、たくさんいたほうが何かに気づきやすいでしょ。二人と五人じゃ二倍以上の差があるわけだしね」

ハルヒは俺に尋問《じんもん》する目線を投げつけ、

「特にキョンなんか、あんた、まじめに不思議探ししてないんでしょ。図書館で寝《ね》てたりしてたもんね」

よく覚えてるもんだ。俺は長門と朝比奈さんがわずかに身じろぎするのを視界の端《はし》で捕捉《ほそく》しつつ、

「なあ、ハルヒ。お前の言う不思議なものってな、何だっけ。すまんがそろそろ忘れてきたのでここでもう一回聞かせてくれ」

「そんな初歩の初歩、覚えておきなさいよ」

ハルヒは頰《ほお》にかかった髪《かみ》をうるさげにかきあげて、

「とにかく不可解なものなら何でもいいわ。疑問に思えること、謎《なぞ》っぽい人間、時空が歪《ゆが》んでる場所、地球人のフリしたエイリアン、その他もろもろ」

ほとんどのものが今ここにいるメンツで説明がついてしまうのだが——と考えながら、俺は心中で吐息《といき》を漏《も》らしていた。

長門と古泉には時間を改めて顔を合わさなければならないようだ。集団行動の最中

にハルヒの目を盗《ぬす》んでヒソヒソ話をする雰囲気《ふんいき》ではない。リスキーすぎる。長門と古泉の顔色を見る限り、そして朝比奈さんが普通《ふつう》に朝比奈さんしていて、未来から俺がもう一人やって来て事態を引っかき回していないだろうところも見ると、そんなにせっぱ詰《つ》まったことでもないという推測もできる。

何よりもだ、と俺はハルヒを眺《なが》めた。

こいつが素《す》っ頓狂《とんきょう》なまでに求心力全開でいる。なら、大丈夫《だいじょうぶ》だ。自分に言い聞かせるまでもなく、何も混乱することはない。

存在自体がスットコドッコイな我らがSOS団はいろいろあって今や呉越同舟一蓮托生《ごえつどうしゅういちれんたくしょう》自縄自縛《じじょうじばく》なのであるから、船頭の目が黒いうちはどこまでも海上交通安全法を無視して突《つ》っ走ることになっているのだ。インド亜《あ》大陸を目指して出航したはずがアララト山頂に到着《とうちゃく》していたなんてことさえ造作もない。

俺は今にも席を立ちそうなハルヒの全力オーラをひしひしと感じつつ、グラスの底に残ったアイスオーレを解けて小さくなった氷ごと口に流し込んだ。

「じゃ、そろそろ行きましょ」

ハルヒはテーブル上の伝票を反射的に俺に回そうとして、瞬間《しゅんかん》、ワリカン宣言を思い出したらしい。取り繕《つくろ》った澄《す》まし顔で空のグラスに刺《さ》さっているストローをくわえた。

それから数時間、俺たちは駅を中心に練り歩き回った。

メインストリートを少し外れると、一ヶ月前はなかった建物や店が忽然《こつぜん》と姿を現したように建っていたり、あるいは掻《か》き消されたように無くなっていたり、やけに時間の経過が速いように思えるが商業主義に毒された現代ではこれが普通なのかもしれない。俺の家の近所で俺が生まれる前から店を開けている酒屋のほうが時代から取り残されているんだろうか。コンビニなんかできたと思ったらすぐさま撤退《てったい》し、また別のコンビニが開店するみたいなロシアンルーレット的慌《あわ》ただしさだというのに、しかし昔の風景が昔のままだと妙《みょう》に安心するね。

ありがたいことに、佐々木たちのグループと再会することはなかった。角を曲がるたびに身構えていたのだが、佐々木は本当に電車に乗ってどこぞに行ってくれたようだ。あの二人を連れてきたのはクレームものだが、まだ配慮《はいりょ》というものが解《わか》っている。感謝しておくべきだろう。

この日は一日、俺たち五人は一塊《かたま》りになって移動した。それは店主が趣味《しゅみ》でやっているような独特のメニューを誇《ほこ》るカレーショップで昼飯を食ってからの午後の部でも同じだ。まるっきり、ハルヒと朝比奈さんのウインドウショッピングに他三人が付き合っているだけみたいな気がしたし、ハタ目からもそう見えたに違《ちが》いない。

ファンシーショップの雑貨コーナーで目を輝《かがや》かす朝比奈さんとか、眼鏡《めがね》屋の店頭でハルヒに各種サングラスをかけられるがままになっている長門とか、おべんちゃらや天気やら自分のクラスについての話題を提供する古泉とか——。

あまりにも普通すぎて、それがかえって不可解だ、みたいな一日がこうして過ぎていく。

ああ、楽しかったさ。文句あるか。

その夜のことだ。

何一つ不可思議な事象に導かれることなく新年度第一回不思議探索《たんさく》ツアーは終了《しゅうりょう》し、ハルヒが解散の号令を発すると同時に速《すみ》やかに帰宅した俺は、晩飯を喰《く》ってしばらくウダウダした後、妹の次に風呂《ふろ》に入っていた。

猫《ねこ》用のものより安価なシャンプーで頭を洗い、身体中の垢《あか》と埃《ほこり》を落とし終えて湯船に浸《つ》かって、何度も聞かされたせいですっかり耳になすりつけられていた妹作詞作曲なる通称《つうしょう》『ごはんのうた』を鼻歌などで唱っていると、いきなり風呂場の扉《とびら》が開いて、

「キョンくん一電話ー」

一足先にパジャマ姿の妹が首を覗《のぞ》かせた。

電話か。まあ、何か来るんじゃないかと思っていたさ。俺にも用がある。古泉か長門だろうと覚悟《かくご》していると、妹は子機を持って破顔しつつ、

「お兄さんいますかーって。キョンくんならいますよーって」

俺への呼称《こしょう》は前者に回帰しろよな。

「誰だ」

「おんなのひとー」

妹はひらがなで喋《しゃべ》っているような声で言い、俺は意味なく頭に乗せていたタオルで手を拭《ふ》くと妹が握《にぎ》っている受話器を受け取った。

誰からかかってきたのか名前を聞いておけといつも言っているだろう。怪しいテレフォンセールスや要《い》らん教材の押し売りだったらどうすんだ。

「あ、キョンくん。お風呂出たら宿題教えてね。さんすう～どりーる～んー」

妹はキテレツな節回しで歌い終えた後、てれりんと舌を出すと、幼稚園児《ようちえんじ》みたいな稚拙《ちせつ》なスキップで脱衣所《だついじょ》を出て行った。

こんな時間、タイミングで俺に電話する女？

ハルヒでなければ誰だろう。今朝のこともあるから長門か？　あるいは朝比奈さん……それも（大）じゃないだろうな。変な忠告ならあんまり聞きたい気分じゃねえぞ。

「もしもし」

うっかり湯船に落っことさないよう、頭を縁《へり》から出して受話器を耳に当てる。

『もしもし』

山びこのように返ってきたその声は――

# 第二章

## α―1

『もしもし』

山びこのように返ってきたその声は、まるで聞き覚えのない女の声だった。

ハルヒでも長門でも、どの時間帯の朝比奈さんでもない。森さんでも阪中でも、ましてや周防九曜や橘京子、まだ可能性のあった佐々木ですらなかった。一言聞いただけで解《わか》る。既知《きち》の誰でもなく、これは未《いま》だかつて俺の鼓膜《こまく》を震《ふる》わせたことのない声だ。

『あっ。お風呂でした？　ゴメンナサイです。失礼しちゃった。かけ直しましょうか？』

それには及《およ》ばない、と答える前に、

『でもでも、何度もかけるのはアレですよね。重ねてゴメンナサイ』

行く川の水のような声が受話器から迸《ほとばし》る。それを遮《さえぎ》って、

「誰だ。まず名を名乗ってくれないか」

『あたしです。あたしは、わたぁしです』

いや、ハルヒじゃあるまいし、そんなのは自己紹介《しょうかい》とは言えないぞ。

『そんなぁ』

と、その声。女のもので、電話越《ご》しなので完全に明瞭《めいりょう》とは言えないが、声の主はどこか朗《ほが》らかに高揚《こうよう》しているような節回しで、

『でもいいです。ご挨拶《あいさつ》と思ってかけたの。フフ、妹さん、可愛《かわい》らしいですね。あたしもこんな妹が欲しかった。算数ドリル〜、フフ。可愛い』

はて、と思う。聞き覚えはさらさらないが、イントネーションが誰かに似ている。普段《ふだん》は絶対こんな声を出さないであろう人間が、この声を演じているような感覚だ。だが、いくら俺の音声レコーダーを探《さぐ》っても出てこない。ただ、どことなく妹に通じる幼い口調だ、とだけ。

『先輩《せんぱい》の声が聞きたかったんです』

その声の持ち主は、

『それだけでした。なんとなくです。これからお世話になるようでしたら、よろしくです。長くお付き合いできたらいいなぁ、なんて』

ちょい待て。俺を先輩と呼ぶのかこいつは。すると年下か。にしても、記憶《きおく》にないのは確実で、せめてフルネームを教えろ、と言いかけた俺に先んじて、

『もう切ります。それではまた。会う機会があれば。フフ』

プッッ。

失礼な感じで切れた。

何なんだ、一体。久々に会った佐々木や橘京子、九曜だけで俺はもう限界だぞ。当分、新キャラなんぞに出て来て欲しくはない。

ふと気づいて電話機の履歴《りれき》を見てみる。番号非通知でかけてやがる。

風呂《ふろ》から上がり、寝間着《ねまき》を着ている最中も、俺はこの電話娘《むすめ》の心当たりを自分に尋《たず》ね続けて、時間をふいにするという結果を得た。

「いったい、今日はどうなってんだ……？」

考えていてもしかたないな。なるようになるさ。ならないようなら、どんな理屈《りくつ》をつけてでもしてやる。いざというときには難度の低い順に古泉、朝比奈さん、長門、それから無限大の距離《きょり》を経てハルヒ——に相談してやるからな。どうなっても知らねーぞ。

「やれやれだ」

明日はせっかくのフル休日、ハルヒがこれから俺の寝《ね》る前に何かを思いつかな

い限り、日曜だけはゆっくりできる。

俺は湯冷めしないようにシャミセンを湯たんぽのように抱《かか》えながら、妹の待ちかまえる部屋に向かった。

## β―1

『もしもし』

山びこのように返ってきたその声は、今朝聞いたばかりの女の声だった。

まだハルヒか長門か朝比奈さん（大）だったほうがよかったかもしれない。ハルヒなら無邪気《むじゃき》な計画を明日にもするとか言い出すくらいだろうし、長門とは九曜についてブリーフィングを設ける必要がある。朝比奈さん（大）なら問いつめることがたくさんある。

『ああ、入浴中だったかい？　なら妹さんもそう言えばいいのに。かけ直そうか？　でも電話に出たということは、比較《ひかく》的もうそろそろ出ようとしていたところかと推測するが』

思い浮《う》かべた誰でもなかった。俺は聞き覚えのある声の主の名を言う。

「佐々木か」

『そう、僕だ。今朝のことだけど、本当はもう少し長話になるつもりだったんだ。涼宮さんたちが来るのが早すぎたね。これは誤算と言うべきだろう』

佐々木の声がくっくっと笑う。

『それにしてもキミのところの妹さんも変わらないね。ちゃんと名前を告げたんだが、聞き取れなかったか、僕のことなど忘れてしまったのか、無理はないがね。顔を合わせたのは二度、いや、三度だけだったか』

「妹の算数家庭教師なら間に合ってるぜ」

そいつは俺の数少ない家庭貢献《こうけん》の一つだ。

『わかってる。可愛いキミの妹を横取りしようとはしないよ。赤の他人は何十億もいるが、血を分けた家族はわずかしかいないのだから、その比率に反比例して希少価値も跳《は》ね上がる。この世で最も注意深く大事に取り扱《あつか》わねばならない関係性だよ。血を薄《うす》めることはできない』

「で、何の用だ」

『単刀直入に言う。明日、駅前の例の場所に午前九時、ぜひとも来てもらいたい。場所は解《わか》るね。いつものところと言えば充分《じゅうぶん》だろう。用件は――うん、これは僕じゃなくて、橘さんたちに直接聞いたほうがいいな。僕の考えでは、僕よりもキミのほうがよく理解できるだろう』

「あいつらも来るのか」

九曜とかいう女の静的な不気味さを思い出しつつ、俺がウンザリしていると、

『彼も来るはずだ。何と言ったかな、ほら、自称《じしょう》未来人の』

ますますウンザリだ。朝比奈さんについて、あの野郎《やろう》が胡乱《うろん》なセリフを口走ったりしたら今度こそ自信がない。俺があいつを殴りそうになったらとめてくれよ。

『じゃあ来てくれるんだね。キョン、安心してくれたまえ。三人とも平和的な話し合いを望んでいる。言葉での意見交換《こうかん》でなんとかなるのであれば、誰にとっても望ましいことさ』

宇宙人に地球語が通用してくれたらいいんだがな。それはそうと、

「佐々木、お前、今日、連中とどこに行っていた」

『アリバイかい？　電車に乗って適当に辿《たど》り着いた繁華《はんか》街《がい》をぶらついていた。橘さんはなかなか気のいいお嬢《じょう》さんだったよ。彼女の高校のことを色々話してくれた』

佐々木は事も無げに付け加えた。

『それから、四年前のこともね』

四年前。

俺が聞いたのは去年だから、それは三年前だった。誰も彼もが口にして、深くツッコムと首を横に振《ふ》ることになったキーワード。ハルヒが変態超人《ちょうじん》パワーで何

かをしたらしい時点から、今までに至った年月。オリンピックが開けるな。

「なんつってた」

『それも直《じか》に尋ねてくれないか。僕もまだ混乱している。ああ、キョン。実際、僕はけっこう動揺《どうよう》しているんだよ。プールの授業を明日に控《ひか》えた、カナヅチの小学生のようにね』

俺は中学校のプールサイドに佇《たたず》む佐々木の水着姿を思い出した。確かに女だったよな、こいつは。クラスの他《ほか》の女子に交じっている限りでは普通《ふつう》の女子生徒にしか見えなかった。平均以上のところは愛想のよさと、喋《しゃべ》っている最中の輝《かがや》くような瞳《ひとみ》くらいだ。そう、男相手に話している間以外はどこにでもいるありふれた中学生で、今は高校生。

にもかかわらず、なぜ佐々木は俺とこんなケッタイな会話を電話をかけてきてまでしているんだ？　まったくありふれてなどいない。どこでズレた。誰のせいだ？

「佐々木。お前があいつらの連絡係《れんらくがかり》になっているのは解った。だが、なぜお前がそんなことをしているのかが解らん」

電話口で佐々木はしばし黙《だま》ってから、含《ふく》み笑いを漏《も》らした。

『それは僕がキミの友人だからさ。他の誰よりも適任だろう？　僕じゃない誰かに呼ばれて、そうですかと出てくるほど、キミは騙《だま》されやすくはないからね。言い負かしやすくはあったが』

お前に言葉で勝とうとは思わねえよ。

『キミは聞き手として優秀《ゆうしゅう》だよ。適度に利口で、適度にものを知らない。怒《おこ》るなよ。褒《ほ》めてるのさ。こちらが話す内容を理解してもらえないのは話し手にとって面白くないが、最初から知っている相手に既存《きぞん》の情報を伝えても意味がない。その点、キョンならば安心だ。キミはそんな気配を持っているんだよ。話しかけられやすい体質をしている』

どうも褒められている気がしないが、佐々木に言われると納得《なっとく》しかけてしまう。思えば、いつもこうだった。

『そろそろ切るよ。妹さんの勉強の邪魔《じゃま》をするのは気が引ける。キミの兄としての尊厳を誇示《こじ》する時間を失わせるのもね。明日、ちゃんと時間に間に合うように起きてくれよ。でないと、僕が昔の学生名簿《めいぼ》を探して押し入れをひっくり返した時間が無駄《むだ》になってしまう。年賀状に番号が書いてあれば手間も省けたんだが』

行くさ。行くとも。

一度話をつけようと思っていたところだ。ＩＦＦを確認《かくにん》するまでもなく、エネミー判定に充分な前歴のある宇宙人と未来人と超能力者どもだからな。バラじゃなくまとめて来やがったのは俺としても面倒《めんどう》がなくて助かるさ。

『湯冷めしないようにね。では、ご家族によろしく』

ゆっくりとした感じで電話が切れた。

俺は大急ぎで風呂《ふろ》から出ると、寝間着《ねまき》を着て部屋へとダッシュした。

## β―2

ベッドの上でシャミセンが枕《まくら》にしていた携帯《けいたい》電話を取り上げてダイヤルする。

ワンコールで出た。

『古泉です』

正座して待っていたような迅速《じんそく》ぶりに感心するぜ。

『そろそろ連絡があるのでは、と思っていましたからね。遅《おそ》すぎたくらいですよ。てっきり解散後すぐに来るものかと』

佐々木から電話があって即座《そくざ》にしたんだ。これで遅いんなら電話線にタキオン粒子《りゅうし》を通すしかない。

『ああ、話が噛《か》み合っていないようですね。なるほど、あちらから連絡があったんですか。いえいえ、僕は佐々木さんの電話の有無とは関係なく、あなたが僕にかけてくることを予想していたんです。尋《たず》ねたいことがあるのではありませんか？』

「橘京子ってやつと、お前は顔見知りか」

『もちろん知っています。どこまで行っても我々とは意見が平行線の、いわば敵対勢力の幹部ですから』

どんな敵対の仕方をしてるのか知りたいもんだ。陰《かげ》でドンパチをやってるわけではなさそうだが、まさか閉鎖《へいさ》空間でサイキックバトルか？

『それができたら楽しそうですね。残念ながらそうは解りやすくいきません。涼宮さんの作り上げた閉鎖空間に彼女たちは出入りできませんから。……ただ、橘京子の一派も僕の属する「機関」も、実体はそう違《ちが》わないんです。似たような思想の元で動いていますが、解釈《かいしゃく》が違うといいましょうか』

ハルヒが三……じゃない、四年前に世界を創造したとかいう涼宮ハルヒ神様論か。

『証明しようがないので仮説の段階に留《とど》まっていますが、ありていに言えばそういうことです。「機関」の中でも信奉者《しんぽうしゃ》は多い。我々が涼宮さんに能力を与《あた》えられたという事実に関すれば、まず百パーセントですね。これは理屈抜《りくつぬ》きで、僕も含めた全員の確固たる認識です』

橘京子は？

『ですから、彼女は涼宮さんに与えられなかった者たちの代表なんですよ。そのくせ、と言うべきですね。彼女たちは自分が本来あるべきだった姿なのだと信仰《しんこう》している。我々のように、涼宮さんを主とした従であると考えられない人々なんです。おとなしく傍観《ぼうかん》していればいいものを、なまじ解ってしまうがゆえに表舞《おもてぶ》台《たい》に出ようとしている。気持ちは解《わか》りますけどね』

古泉の解説口調には憐憫《れんびん》の情が点々としている。

『それで、佐々木さんからは何と？』

「明日、連中と会う」

俺は佐々木から伝えられた内容のまとめを伝えた。

「なんか知らんが、俺に話があるようだ。ちなみに俺にだってある。一発ガツンと喰《く》らわしたいほどだぜ」

古泉は短く笑い声をあげて、

『申し添《そ》えておきますが、橘京子があなたや涼宮さんに暴力行為《こうい》を働くことはありません。あの誘拐《ゆうかい》事件にも彼女は否定的だったはずですよ。未来人の甘言《かんげん》に乗せられた一部を制御《せいぎょ》できなかったのは失着でしたね。それに彼女たちにとってもあなたがた二人は重要人物なんです。危険なのは長門さんのお相手のほうでしょう。情報統合思念体以上に何を考えているのか解読できません』

くれぐれも御《ご》自重願います、と最後に付けたし、古泉との緊急《きんきゅう》ホットラインは終わった。くだくだと長話にしなかったのは、これだけ言っとけば古泉なら我が意を得るだろうと思ったからだ。俺が誘拐されかかったらよろしく頼《たの》むぜ。

「さてと――」

次は長門だな。

携帯電話のメモリに記録する必要もないくらいに俺はこの番号を明晰《めいせき》に記憶《きおく》している。

こちらはスリーコール待たされた。

『…………』

「長門、俺だ」

『…………』

「明日なんだがな――」

応答はロクになかったが、沈黙《ちんもく》の気配でそれが誰かくらいすぐ解る。俺は一方的に喋《しゃべ》り続け、「というわけで明日、今日会ったあの宇宙人にもう一度会ってくる」と言ったところで、ようやく、

『そう』

長門の素っ気なさそうなセリフが聞けた。

「佐々木を信じれば連中はあくまで平和主義なんだそうだ。古泉も多分そう思っている。で、お前はどうかと思ってさ」

『……………』

辞書で単語を調べているような無言があり、

『現時点における危険性は低い。無視できるレベル』

長門の言うことだけに説得力がある。急に身体《からだ》が緩《ゆる》むのを感じた。

『情報統合思念体は彼等の解析《かいせき》に全力を尽《つ》くしている』

「少しは正体がつかめたか」

『まだ。宇宙に拡散する広域情報意識であるところまで』

「お前は、あの九曜とかとはあいさつできたのか？」

『概念《がいねん》が共有できなかった。思考プロセスは依然《いぜん》、不明』

謎《なぞ》の宇宙人はまだ謎のままか。

俺が九曜なる女を捕縛《ほばく》してどこかの宇宙開発機構に譲《ゆず》り渡《わた》せないかと考えていると、長門が不意に言葉を継《つ》いだ。

『彼等に対する呼称《こしょう》が便宜《べんぎ》的に仮決定された』

「ほう。いちおう、聞かせてくれ」

『天蓋《てんがい》領域』

芝居《しばい》っ気を考慮《こうりょ》しない長門は、淡々《たんたん》と述べた。

『それは我々から見て天頂方向より来た』

## α―2

宿題作成に付き合った後、妹の部屋にシャミセンを置き去りにして自室に戻《もど》った俺は、ベッドの上に転がしていた携帯《けいたい》電話を取り上げてダイヤルする。ワンコールで出た。

『古泉です』

正座して待っていたような迅速《じんそく》ぶりに感心するぜ。

『そろそろ連絡《れんらく》があるのでは、と思っていましたからね。遅《おそ》すぎたくらいですよ。てっきり解散後すぐに来るものかと』

俺はそれほどせっかちではないんだよ。考えをまとめる時間が要《い》ったというのは本当のところだが。

「今日のあいつら、ありゃ何だ？」

『僕があなたに訊《き》きたい質問でもありますが、橘京子に関しては特にこれと言ってありませんね。彼女たちの一派がしびれを切らす頃合《ころあ》いだと予想はしていました。あの誘拐事件はその前哨戦《ぜんしょうせん》ですよ。もっとも、あれは橘京子が意図して起こしたとは必ずしも言えませんが』

お前が弁護側に回るとはな。

『僕としても無用の争いは避《さ》けたいんですよ。丁々発止のやり取りはどうも性《しょう》に合わなくてね。幸いにも橘京子はまだ話の通じるほうです。理性的な敵軍は愚昧《ぐまい》な友軍より賞賛に値《あたい》するというのは至言ですね。どちらにしても、おとなしく傍《ぼう》観《かん》していてくれたらよかったんですが、これも頃合いということになるのでしょう。冬来たりなば春遠からじといった具合です。冷戦のごとき氷河期が続くよりまだよいと思いませんか？』

俺が神経をすり減らすんじゃなければな。

『あるいは可能性として、また未来人に余計な知恵《ちえ》を吹《ふ》き込まれたのかもしれません。加えて長門さんのお相手が出てきたからには、彼女たちも動かざるを得ないでしょう』

何がしたいんだ？　あの連中は。

『正直なところ、橘京子の一派も僕の属する「機関」も、実体はそう違《ちが》わないんです。似たような思想のもとで動いていますが、涼宮さんを巡《めぐ》る解釈《かいしゃく》が違うといいましょうか。ただ、自分たちが間違っている可能性をできる限り排除《はいじょ》したいんですよ。気持ちは解ります。それは僕にも言えることですので。我々が超《ちょう》能力じみた力を行使できるのは、涼宮さんが与《あた》えてくれたからです。この確信が揺《ゆ》らぐことはありえません』

ハルヒが三……じゃない、四年前に世界を創造したとかいう涼宮ハルヒ神様論か。

『信じるかどうかの問題でもないんです。神うんぬんは置いておくとしても、涼宮さんが閉鎖《へいさ》空間と《神人》の発生源であり、その鎮静《ちんせい》のために我々が存在するのは疑いようもない真実です。なぜなら、僕はそうであることが最初から解《わか》っていたからです。いまさら間違いだったと言われても困りますね。それだけは譲れません』

ディベートで解決できたらいいのですが、と古泉は諦観《ていかん》したような口調で言い、

『橘京子と佐々木さんはまだよしとしましょう。彼女たちは少なくとも僕たちと同時代を生きる人間ですから、価値観も共有できるし監視《かんし》もしやすい。まったく動きが読めないのは情報統合思念体製ではないＴＦＥＩのほうです。周防九曜という個体以外を発見できていないことから見て、おそらくは地球上に彼女単体しか存在しない。手段も不可解なら、目的も解りません。それに比べたら未来人などまだ可愛《かわい》いものだと評せます』

朝比奈さんが可愛いのは自明の理だが、未来人全般《ぜんぱん》がそうだとは思わん。

『同意見ですよ。僕たちと行動を同じくする朝比奈さんは保護対象に入っています。見事なまでに愛らしい先輩《せんぱい》ですからね。我々としても放《ほう》ってはおけません。ただし、未来の争い事を過去に持ってきて欲しくはなかった。まあ、未来人が関係する事件は未来人同士で何とかしてくれるでしょう』

でないとあまりに無責任ですから、と古泉は言った。

『それ以外のことなら、僕と長門さんで片づけてしまえます。あなたもですね。涼宮さんに迫《せま》る魔《ま》の手を、座視して許したりはしないでしょう？』

まあな。あんなのでも俺たちの団長だ。

『相手がアクションを起こしてくるまで待っていればいいんですよ。必要以上に懸《け》念《ねん》することはない。何と言っても、僕たちの側には涼宮さんがいるのですからね』

β—3

長門との通話を終えるとほぼ同時に、待ちきれなくなったか、妹が教材一式を抱《かか》えてやって来た。

とは言え、すぐさま筆記用具やドリル帳を床《ゆか》に散らかし、シャミセンと戯《たわむ》れ始めたため、それが一段落ついて妹の宿題が終わったのは一時間ほど後のことになる。血を分けた兄妹だけあって、学力においてはそう期待できないようだ。妹は単純な四則演算はせっせと解くが、ちょいとヒネられると手も足も出ないらしい。代わりに解いてやった応用問題集やノートやらを手渡《てわた》しながら、

「終わったら出て行けよ。できればシャミセンも持ってけ。布団《ふとん》に乗られて重くてかなわん」

「シャミー、一緒《いっしょ》に寝《ね》るー?」

三毛猫は胡散臭《うさんくさ》そうに妹を見上げ、のそのそと俺の布団に潜《もぐ》り込んだ。

「いやだって」

妹はなぜか嬉《うれ》しそうに宿題を抱《だ》くと、踊《おど》るような足取りで部屋を出て行った。俺の妹にしては、素直《すなお》でよろしい。その部分には長所と書いた折り紙を付けてやろう。

俺は何の気なしにテレビをつけ、見るところもなく適当にザッピングをしながら明日のことを考えた。備えはあったほうがいいな。

今日は早めに寝ておくか。

## α―3

古泉との通話を終えた後、長門にも電話しようかと悩《なや》んだものの、夜分に電話

して訊くこともないと結論を下し、携帯電話《けいたい》を枕元《まくらもと》に置いた。

もし九曜が長門にとって危急存亡を告げる死神か何かなのだとしたら、さしもの長門も黙《だま》ってじっとしているわけはない。それに明日は日曜だ。慈悲《じひ》深き我が団長が俺たちにくれたまともな週末、思う存分身体《からだ》を休めるとしよう。

月曜になればイヤでも教室で、または部室で顔を合わすことになる。長門の宇宙人談義は昼休みに部室に行けば聞けるだろう。

借りっぱなしになっていた本でも読むかと考えていると、部屋のドアをカリカリとかく合図の音がした。開けてやると、シャミセンが喉《のど》をゴロゴロ鳴らしながら眠《ねむ》そうな顔で入ってきて、ドアボーイをしてやった俺に感謝の言葉も述べずにベッドによじ登り、丸くなって目を閉じた。

まるで世界と猫族の寿命《じゅみょう》は永遠なのだといわんばかりの顔をして。

## α—4

翌、日曜日。

特に何をすることもなく、本を読んだりゲームしたりして、ひたすら孤独《こどく》を満喫《まんきつ》してダラダラするうちに日が暮れていた。たまにはあっていいだろう。ハルヒたちが関《かか》わらない、こういう怠惰《たいだ》な休日があったってさ。

また明日だ。憂鬱《ゆううつ》感が促進《そくしん》される日曜の夜が終わり、週末を待ちわび続けるための週明け、リセットされた一週間の新たなる初日。

月曜日が始まる。

## β―4

翌、日曜日。

午前七時に目を覚ました俺が完全に身支度《みじたく》を整え、自宅を出発する態勢に入ったのは時計のアラームが鳴って三十分後のことだった。

習慣になってる早飯早着替えがこれほど無駄《むだ》に感じたことはない。もうちょっとゆっくりしてりゃよかったが、二度寝すると二時間近くは起きれそうにないからな。

しかたなしに台所で朝刊を読んでいると、寝起きのよさでは家族随一《ずいいち》を誇《ほこ》る妹がパジャマのままやってきて、信じられないものを見る目を俺に向けた。

「わ。キョンくんが二日続けて先に起きてる。なんでー？」

なんでも何もあるか。俺はこれでも小学六年生よりはいそがしい人生を送ってるところの高校生である。お前もそのうち、今の自分を思い返して懐《なつ》かしむ時が来るんだ。後悔《こうかい》しないように小学生時代を満喫しておくんだな。卒業文章にウケ狙《ねら》いなことは書かないほうがいいぞ。

「ふうん。今日はどこ行くの？　ハルにゃんもいっしょ？」

うっかり答えるとついて来かねない。佐々木は寛容《かんよう》に笑《え》みを広げるだろうが、未来人野郎《やろう》は露骨《ろこつ》にイヤな顔をするに違《ちが》いない。いや、いっそ妹を同伴《どうはん》してやろうか。効果的な嫌《いや》がらせになりそうだ。

「今日のは中学んときのツレだ」

だが、俺は適当に妹を追い払《はら》うだけに止《とど》めた。佐々木なら今後いくらでも機会があるし、せっかく未《いま》だにサンタを信じているらしき無垢《むく》なる純粋培養《じゅんすいばいよう》で育ってきた妹に現実を突《つ》きつけたくはない。宇宙人は異質そのもので未来人がイヤミ野郎だなんて、夢が壊《こわ》れるにもほどがある。

シャミセンとともに家にいろ。それとハルヒから家に電話があったら、なんとか誤魔化《ごまか》しとけ。誤魔化し方は任せる。ただし佐々木のサの字も言うんじゃないぞ。

「はぁい」

とっとっとっと妹は顔を洗いに行く。

今のうちだ。かなり早いが、もう出立するとしよう。妹にあれこれ詮索《せんさく》されて藪《やぶ》から蛇《へび》を出してしまう恐《おそ》れがある。家にいるとどうも落ち着かん。さっさと今日のイベントを終了《しゅうりょう》させたい気分が胸のうちにわだかまってしょうがない。

しかし、玄関《げんかん》を出た途端《とたん》、俺はたまの早起きが功を奏したのを知る。

俺が扉《とびら》を開けるのを待ちかまえていたように――。

「雨か」

取り出しかけた自転車の鍵《かぎ》を元あった場所に戻《もど》し、俺は傘に手を伸《の》ばしながら定型句を呟《つぶや》いた。

水滴《すいてき》の数をカウントできそうなほどだった小雨が、五月雨《さみだれ》となり、土砂《どしゃ》降《ぶ》りになるまで三十秒とかからない。

まるで誰かが俺の行く手を阻《はば》もうとしているような、あるいは警告を発しているかのような暗雲が、降水確率十パーセントだったはずの天を支配していた。

雷《かみなり》はなかったが。

雨に祟《たた》られながら駅前まで赴《おもむ》いた俺を、昨日と同じ三人が待っていた。

佐々木は紺《こん》の折りたたみ式、橘京子はフェンなんとかと書いてあるブランド物、長門のデッドコピーみたいな周防九曜は女子校の制服姿でコンビニで買ったような透明《とうめい》の傘《かさ》を持ち、降りしきる雨の中に三様なる姿を晒《さら》していた。

九曜の異様に幅広《はばひろ》い波打つ髪《かみ》はコンビニ傘の守備範囲《はんい》からはみ出ているが、どう目をこらしても濡《ぬ》れているように見えず、また無関係な通行人にとってはほとんど透明人間の域に達している。完全に透明化しているわけではない証拠《しょうこ》に、一般人《いっぱんじん》たちは自分の差している傘が九曜のものに触《ふ》れそうになるとひょいと避《よ》けていた。便利なものだ。

ところで、未来野郎の顔がどこにもないのは、あいつはあいつでカメレオンシートでも被《かぶ》っているからか？

「いや、喫茶店《きっさてん》にいる」

佐々木が答えた。

「こんな雨の中を立ちぼうけで待っていられるか、ましてやキミをや——と言ってね。雨宿りをかねて先に席を確保してもらっている」

勝手な野郎だ。二ヶ月経《た》ってもまったく性格変化していないようだな。あいつにとってあれから何日が経過したのかは知らんが。

「キミと彼とはすっかり親睦《しんぼく》を深めているみたいだな。何があったのかは聞いていないが、無関心同士よりは上等な間柄《あいだがら》のようだ。まだ好ましいよ」

佐々木はくっくっと笑い、

「安心した。彼に本当に悪意があるなら、こうも判然とした態度は取らないだろうからね。キョンだけじゃない。彼は僕にも似たような振《ふ》る舞《ま》いをする」

なおさら許せん。この時代が嫌《きら》いなら来なけりゃいいんだ。少しは朝比奈さんを見習え。あんな懸命《けんめい》にお茶くみ仕事に献身《けんしん》する人間など、現在にもそうはいない。

佐々木は低く笑い続けつつ、

「その朝比奈さんのお茶を僕も飲んでみたいものだ。北高を訪問すればいいのかい？　しまったな、去年の文化祭にでも行けばよかった。今年は必ず寄らせてもらう」

さすがに来なくていいとは言えなかった。

「来るのは別にいいが、うちの文化祭は見るもんなんかほとんどないような――」

「お二人さん」

橘京子の頭が、ひょっこり俺と佐々木の間に飛び込んできた。傘が当たらないよう目一杯《めいっぱい》手を上にあげて、

「四方山話《よもやまばなし》は二人の時にでもしてくれない？　今日あなたを呼んだのはね、」

えへんと咳払《せきばら》いして、橘京子は俺と佐々木に計二回のウインクを飛ばし、

「積もる話があるからです。とっても重要なのよ、これって。佐々木さんにも、ちゃんと話したはずです」

「ごめん」と佐々木は橘京子に微笑《ほほえ》みかけ、「忘れていたわけじゃない。そのフリをしていただけ。正直言って、あまり気の進む話ではないから」

この間、九曜は1／1フィギュアのように静かに黙《だま》って立っているだけだった。やはり言語に馴染《なじ》みがないのか？

はたして、橘京子が、

「早く行きましょうよ。未来から来た使者さんが店に居づらくなってる予感がします。そろそろそんな時間」

と言って歩き出したとき、九曜はうなずきもせずに動き出し、米俵《こめだわら》を背負って雪道を進む笠地蔵より少しだけ素早《すばや》い歩調で最後尾《さいこうび》をついてくる。血の気のない白皙《はくせき》の顔にあるのは、半分寝《ね》ているのかと思えるほどの寝ぼけ眼《まなこ》だった。こっちの宇宙人は低血圧気味か、湿気《しっけ》に弱いのか、日によってテンションが違《ちが》うらしい。長門がダイアモンドダストだとしたら、九曜は牡丹雪《ぼたんゆき》のイメージだ。

佐々木も橘京子も九曜が存在しないように振る舞っているが、放置していても自動的に追尾《ついび》してくると知っているからだろう。このあたり、ハルヒにおける長門の認識《にんしき》に近い。

九曜は想像通りの行動様式を見せ、歩幅《ほはば》の割りにはしっかり遅《おく》れずに等距離《とうきょり》を保っている。そして俺は、歩いているうちに気がついた。

俺たちの向かっている先は、いつのまにかSOS団の朝の景気づけの場であり、確率九十九パーセントで特定の団員一人——つまり俺——に支払《しはら》い義務が課せられる、いつもの喫茶店だ。

予想は裏切られることがなく、女二人は透明《とうめい》ガラスの自動ドア前で足を止め、その向こうにふてくされたような表情でカップを傾《かたむ》ける男が見える。

そいつは顔を上げて俺たちを認めると、面白《おもしろ》くもなさそうに唇《くちびる》を歪《ゆが》めた。あの時、花壇《かだん》の植込み付近で出会った頃《ころ》と同じ、ダークサイドに堕《お》ちた古泉のような笑みだった。


ここまでSOS団の真似事《まねごと》をせんでもいいだろうに、おかげで座りが悪い悪い。おまけに今俺が座っている椅子《いす》は昨日と同じで、隣《となり》に佐々木、向かいに異能三人衆というセッティング。

ウェイトレスが四つのお冷やを配り終えて去ってからも、俺を含《ふく》めて五つの口はなかなか開こうとしなかった。

俺は未《いま》だ名を知らない未来人野郎《やろう》を睨《にら》むのにいそがしかったし、佐々木と橘京子は表情を緩《ゆる》めたまま、九曜はビスクドールのように固まったまま、しわぶき一つ漏《も》らさない。まるで大軍に包囲された落城間近の殿中《でんちゅう》における最後の軍議のような雰囲気《ふんいき》……。

司会役を買って出たのは、橘京子だった。

「色々ありましたが」

そう口火を切って、

「欣喜雀躍《きんきじやくやく》の思いだわ。この時が来るのをあたしがどれだけ待ったか解《わか》る？　やっとスタート地点に立てました。機会を作ってくれてありがとう」

と、俺に頭を下げ、

「佐々木さんにも。突然《とつぜん》、無理言ってごめんなさいね」

「うん」

佐々木は短く言って、俺を見上げた。

「キョン、そう恐《こわ》い顔をせずにさ、聞くだけ聞いてあげてくれないか。僕はキミの判断を仰《あお》ぎたい。この手のことにはキミのほうが経験豊かだろうからね。僕はそれほど直感と解析《かいせき》力に優《すぐ》れていないので、もっぱら判例や経験則を重んじる人間なんだ。だからこそ、キミがいてくれて心強い。なんせ僕には何一つ基準とするものがないからね」

俺は朝比奈さんとは対極に位置する未来人、眺《なが》めていても目に潤《うるお》いをもたらす

こと皆無《かいむ》な顔から目を離《はな》し、

「手短に願おう」

せいぜい重々しく響《ひび》くような声を作ったのだが、反応したのは未来人の声なき失笑《しっしょう》だけであった。頭に来た。

「まずは名乗りを上げてもらおうか」

いつまでも名無しの未来人野郎じゃ、俺の心証は悪くなる一方だぜ。

俺の再度にわたる熱視線攻撃《こうげき》に、皮肉面《づら》の持ち主は二ヶ月ぶりとなる声を発した。

「名前などただの識別信号だ」

嘲弄《ちょうろう》するような声色《こわいろ》は記憶《きおく》のままだ。窮屈《きゅうくつ》そうに身じろぎし、

「どう呼ばれようが僕はどうだっていい。意味がない。それはあんたが朝比奈みくるを朝比奈みくると呼ぶくらい無意味なことなんだ。くだらない」

やたらと否定語の多いヤツだ。やはり妹に委任状を託《たく》して来させればよかった。わずか二言三言でも、こいつと話していると気が滅入《めい》る。それから朝比奈さんのどこが無意味だ。

「そうは言ってもね」と佐々木がそいつに、「この時代では本名でなくても何かしら呼び名があったほうが便利に事が進むんだ。官職や地位でもいい。肥後守《ひごのかみ》とか国対委員長とか、その手のものでいいからキョンに教えてやってくれないか」

「藤原《ふじわら》」

　案外あっさりと未来人は応じた。

「とでも呼ぶがいいだろう」

「だってさ」

　偽名《ぎめい》でないほうが不思議なそいつの自称《じしょう》を聞いて、佐々木は俺に向かって肩《かた》をすくめ、

「これで全員の自己紹介《しょうかい》はすんだね」

　一応の名前だけはな。だが、そんなもんを知るために俺はここに来たんじゃねえぞ。俺なら未来人（男）、朝比奈誘拐犯《ゆうかいはん》、天蓋《てんがい》領域宇宙人でもいっこうに呼び名に困ったりしないんでね。

「ええ」と橘京子。「これからが本題です」

　こほん、とわざとらしい咳払《せきばら》いを落とし、宇宙人と未来人を両脇《りょうわき》に従えたおそらく超《ちょう》能力者である娘《むすめ》は、訪問販売《はんばい》のセールスレディのような笑《え》みを俺に向けて、

「あたしたちは涼宮ハルヒさんではなく、この佐々木さんこそが本当の神的存在なのだと考えています」

　いきなり爆弾《ばくだん》を落とした。

　俺は冷水をゆっくり口に含み、吹《ふ》き出してやろうかと一瞬《いっしゅん》思いついて即座《そくざ》に放《ほう》

棄《き》し、グラスをテーブルに戻《もど》す間に飲み込んで、それから言った。

「何だって？」

「いえ。言葉通りの意味ですけど。解りづらいところがあった？」

橘京子はひたすら晴れやかに、安堵《あんど》の息を吐《つ》いた。

「ふう、やっと言えた。ずっと伝えたかったのです。なかなか機会がなくて、長い間悶々《もんもん》としてたわ。古泉さんさえいなければね、よかったんですけど。いっそこの春に転入するのもいいかなぁって計画もあったのです。でもあの人たち、恐いもの。この前のことで再確認《さいかくにん》しました。森さんとは二度と会いたくないな」

くすり、と笑う満足げな顔は、普通《ふつう》に女子高生のものだった。

「そうなのです。古泉さんが涼宮さんを気にすることを運命づけられているように、あたしたちは佐々木さんを仰《あお》がざるをえないの。でも、宇宙人も未来人も、みんな涼宮さんのほうに行っちゃうものだから、もう不安で不安で。たまりませんでした」

両隣《どなり》を交互《こうご》に見てから、

「アイデンティティの崩壊《ほうかい》を食い止めるには、こうするしかなかったの。古泉さんには朝比奈みくるさんや長門有希さんがいますけど、あたしたちにはいないので違《ちが》う人たちが必要だったの。やっと、揃《そろ》ったのです」

闇雲《やみくも》に信じられるもんではない。ハルヒが古泉言うところの神様モドキでなければ、俺がこの一年間にやってきたことは何なんだっていう話になる。朝倉に刺《さ》されかけたり、実際に刺されたり、夏休みをループしたり、時間遡行《そこう》したり、して来られたり、未来通信の指令に従い続けたり、なによりハルヒの思いつきに振《ふ》り回され続けたり、長門が暴走したり……ハルヒがミステリアスゾーンプレスの使い手でなければ起こりえないことばかりじゃないか。

「それは一つのものの見方。一つの現実。でも現実は何も一つとは限らない。表に嘘《うそ》があって、裏に真相が隠《かく》されていることなんて推理小説の常套手段《じょうとうしゅだん》でしょ？」

ミステリ談義なら古泉と、小説論については長門とやってくれ。

「佐々木」と俺。「お前、こんな話を信じたのか」

メニューの裏表を繰《く》り返し眺《なが》めていた佐々木は、くいと頭を上げ、

「うん、正直言って戸惑《とまど》うばかりだね。僕は自分自身にあまり興味がないし、もともと大抵《たいてい》の欲望が希薄《きはく》なタチだし、御輿《みこし》に乗ったり担《かつ》ぎ上げられたりなんてごめんこうむりたい。騎馬戦《きばせん》だって後ろの下のほうの役が好ましい。他人に迷惑《めいわく》をかけない人生を送れたらそれが一番いいと思ってるんだ。僕が最も嫌《きら》っているのは自己顕示欲《けんじよく》の強い人間と、そんな人を見てつい嫌ってしまう自分の心だ」

佐々木はウェイトレスの目を惹《ひ》くように手をヒラリと振って、

「ところで注文をまだしてないが、もう決まったかな？」

悪戯《いたずら》っぽい微笑《ほほえ》みは、中学の教室で浮《う》かべていたものとまったく同じだ。

やって来た私服にエプロンを付けた簡素なウェイトレスがオーダーを取る間、一同の中で発せられたセリフは、佐々木の「ホット四つ」のみだった。

未来人・藤原と宇宙人・九曜はアクションめいたものを見せず、ただ「ふん」と鼻を鳴らしたことと、永久に続きそうな無言の中に沈滞《ちんたい》しているという極端《きょくたん》な態度であり、俺たちが周囲からどんな目で見られているのか、やや気になるところだ。ひいき目にもまともな高校生プラス１の集まりとは思ってもらえまい。ほとほと感じる。これに比べたらSOS団は全然まともだ。

率先して口を開く役回りになった橘京子が、またしても沈黙《ちんもく》を打破した。

「そういうわけです。古泉さんから聞いているよね？　四年くらい前に涼宮さんが世界を創造したかもしれないってこと。彼女には変な力があって、でも全然自覚してなくって、知らないうちに閉鎖《へいさ》空間を作ってしまうって。古泉さんたちが覚醒《かくせい》して、『機関』ができて、それが今まで続いてる。涼宮さんはどんどん願いを叶《かな》えていって、宇宙人と未来人を呼び寄せました。けれど、あたしと仲間たちは、その能力の本来の持ち主は佐々木さんになるはずだったと考えているの」

考えるだけなら自由だろうとも。思考に枷《かせ》ははめられんからな。だが、実行に移すとなると話は別だ。ここは法治国家で、そして誘拐《ゆうかい》は大罪だ。

俺がそう言うと、橘京子は簡単に頭を下げた。

「あれは謝るわ。でもね、最初からうまくいかないことは明らかでした。未来から強力に干渉《かんしょう》されていたわけだから。試《ため》してみただけ。あたし的には成功させるつもりもなかったくらいよ。それでも無駄《むだ》じゃなかったと思います。なぜって、あなたにあたしたちの存在を伝えることができたんですもの。大きな一歩でした」

俺が月だったら変な足跡《あしあと》つけやがってと思ったかもしれんな。

「四年前」

橘京子は昨日観《み》たドラマのあらすじを友人に語るように、

「あたしは突然《とつぜん》、自分に何かの力が宿ったことに気づきました。前触《まえぶ》れなんか全然。いきなり気づいたの。理由は解《わか》らないし、なぜあたしなのかも解らない。解ったのは、こうなったのはあたし一人じゃなくて他《ほか》にも仲間がいることと、原因が一人の人間にあることです」

よく光る目が俺の隣《となり》に向いた。

「それが佐々木さん。あなたがあたしたちに与《あた》えたんだって、考える前から解ったの。あたしはすぐに佐々木さんを捜《さが》して彷徨《さまよ》い、その過程で仲間と巡《めぐ》り合いました。みんな、あたしと同じ認識《にんしき》を持っている人ばかり」

俺はワンボックスカーから降りてきた誘拐グループを思い出す。

「佐々木さんと接触《せっしょく》するかしないか、するんだとしたらどうしようかって話し合っているうちに、あたしたちはアレっ？——て思うことになったわ。なんだか、あたしたちとは違う組織が結成されていて、その人たちがあたしたちと非常によく似ていることが解ったから。それでもって、彼等は佐々木さんじゃない別人をとても気にしているみたいだった」

それが『機関』か。

「そう。涼宮さんを神聖視している人たちがいたの。あたしたちは混乱した。彼等は間違《まちが》っていると思った。間違いは正さないとと思って、何度か会合を開きました。そしたら彼等はあたしたちが違っているんだと言って耳を貸さなかった。そんなの、とうてい受け入れられませんでした。もちろん彼等も受け入れない。あたしたちは決裂《けつれつ》して……」

ふっと遠い目をした橘京子は、すぐに視点を戻《もど》し、

「今までそれっきり」

「それで？」

俺は言う。他に言いようがあるか？

「だから、どうしたいんだ」

『機関』の敵対組織代表者は、大きめの呼吸を一つしてから、

「あたしたちは、涼宮さんが現在所持している力は、もともと佐々木さんに宿るはずのものだったと確信しています。何らかの事情で間違った人になったの。だから、それを元通りに直したい。そのほうがきっと、世界はいい方向に動きます」

そして、俺の目を直視して、

「あなたに協力して欲しいの」

「佐々木」

俺はその目から逃《のが》れるように、

「こいつ、んなこと言ってるが、お前はどう思うんだ」

「そんな変哲《へんてつ》な力はいらないね」

佐々木はハッキリした声で、

「言うのも何だが僕は内向きの性格をしている上に平均以下の凡人《ぼんじん》だからね。そのような想像を絶する巨大《きょだい》な、ついでに理解不能な力を持っても萎縮《いしゅく》するだけだ。間違いなく僕は精神を病《や》む。うん、全力で遠慮《えんりょ》したい」

「だとよ」と俺。「本人がこう言ってるんだ。あきらめたらどうだ」

「あなたはそれでいいの?」橘京子はひるまず、「あなたは涼宮ハルヒさんに、あんな力を持たせていたいのですか？　いつまでも？　それであなたは、いつま

でも涼宮さんに振《ふ》り回されていたい？　解っていますか。あなただけではないの。振り回されるのは、この世界のすべてなんだってこと」

必死さを感じさせる説得の視線は佐々木にも向いた。

「佐々木さんにも言いたいわ。涼宮さんよりあなたのほうが適任なの。これも間違いのないことよ。あなたが特に思い悩《なや》む必要はないの。あなたはそのままで、何も意識せず暮らしていたらいいだけ。あたしには解るわ。佐々木さんは世界を歪《ゆが》めることはない。それができる人だって、あたしは知っているの」

佐々木の視線は俺に固定されている。「そうなのかい？」と問いたげな微妙《びみょう》な笑《え》みは、俺が中坊《ぼう》んときに散々見たもので合っている。

頭が痛くなってきた。橘京子が真剣《しんけん》かつ真摯《しんし》に言っているのは解る。言わんとしていることも、ああ、解りすぎるほど解るさちくしょうめ。

たとえるならハルヒはカウントダウンシステムのない時限爆弾《ばくだん》で、しかもランダム設定なもんだから誰にもいつ爆発《ばくはつ》するか予測できない。爆発した際の威力《いりょく》もだ。そんなヤツが世界を意のままに操作可能とするマジカルパワーを持っているなんていうことなんざ、釈迦《しゃか》かキリスト並みの包容力がないと許容できないだろう。

ただし、ハルヒというヤツをよく知らなければ、だ。

俺は知ってるし、古泉も長門も朝比奈さんも知っている。で、こいつらは知らない。それだけのことだ。たったそれだけの、単純明快な話である。

俺は橘京子へと居直り、

「お前の言い分は理解できるが、今さらどうしようってんだ。どう考えたってハルヒには確率を無視して——まあ迷惑《めいわく》だけどさ、ある程度の願望を現実化する力を持ってるのは確かだ。秋に桜を満開にさせたりな。だが、この佐々木にはないんだろ？　それこそ手詰《てづ》まりじゃないか。お前がいくら佐々木が神だの何だのと唱えたところで、現実は変わらんぜ」

ハルヒはそれほど精神をボーダーの向こう側へと達しさせたりはしてないんだ。ある意味常識的と言ってやってもいい。せいぜい俺をアミダで四番セカンドにするくらいが関の山だ。あいつはあいつでこの世界を気に入っているようだから、もうしょうもない理由で崩壊《ほうかい》させようとはしないさ。閉鎖《へいさ》空間と《神人》なら、古泉の小遣《こづか》い稼《かせ》ぎの役に立つ程度のリスクでしかない。

「そうね」

橘京子は悲しそうな表情に取って代わり、

「そうなんだけど、やっぱりあたしには佐々木さんが相応《ふさわ》しいと感じられてならないのです。あなたは涼宮さんをよく知っているかもしれないけど、佐々木さんのことも同じくらい知っているでしょ？　ともに過ごした期間だって、ちょうど同じくらいなんですもの」

中学三年生時代の一年間と、高校一年生時代の一年間は、そりゃ時間にしたら似たようなもんさ。しかし、密度が異なるぜ。俺と佐々木はバカげた団を作って学校外での時間つぶしにかまけたりはしなかったし、会話量で言えばハルヒの技《わざ》あり有効二本で一本勝ちだ。教室では常に真後ろ、放課後には文芸部室であれこれ俺に命じやがるのは団創設以来不変だからな。なおかつハルヒとSOS団は現在進行形で、佐々木とは一年間のタイムラグがある。いくら俺が過去の交友録を大事に保管する性質《たち》なんだとしても、今のアジトをほいほいと捨て去ることなんてできやしない。ハルヒのみならず、長門と朝比奈さんと古泉には大いに世話になったし、逆に俺が便宜《べんぎ》を図《はか》ってやったこともあった。その三人の団員のためにも、俺はハルヒから他《ほか》の誰かに乗り換《か》えたりできないし、したくもないね。

思いついたが最後、自分の足で走り出すハルヒを不可思議爆弾だからと言って放《ほう》り出せるものか。俺はまだあいつに切り札を見せていないんだ。いざって時のいかにも格好のよさそうなシチュエーションじゃないか。

「それに佐々木も迷惑がってるだろ。手を引いたほうが身のためだぜ。古泉はまだしも、長門を怒《おこ》らせるような事態を引き起こしたら、連鎖《れんさ》反応でハルヒも激怒《げきど》する。どうなっても知らねえぞ」

「だからですね。あたしは涼宮さんが改変能力を発揮したりしないようにしたいの。そうしたら、あなただってビクビクすることもなくなるのです」

橘京子は祈《いの》るように手を合わせ、

「あたしたちは自分の利益なんか考えていません。古泉さんを見てれば解《わか》るけど、涼宮さんのフォロー態勢を維持《いじ》するのはとても大変。でも佐々木さんならそれもなくなるわ。あたしは心から願っているの。世界の安定を」

「そうは言われてもね」

佐々木は小さく溜息《ためいき》、そしてカウンターの方向を見ながら、

「遅《おそ》いねえ。ホットコーヒー」

グラスの氷を指でつつき、とぼけるように、

「キョン、ふと疑問に思ったのだがね。小学生、中学生、高校生、大学生というが、どうして高校生だけが高学生じゃないんだろう。これは考えるべき問題ではないかな」

「佐々木さん！」

橘京子はじれたように声を高め、すぐ恥《は》じたようにうつむいた。本気でへこみかけている様子を見て取り、ちょっと同情する。相手が悪かったな。俺が言うのも何だが、佐々木は俺の友人にしては良くできた人格者だ。神様にならないか、

なんて言われて飛びつくほどバカじゃない。

おう、余裕《よゆう》がでてきたぞ。

佐々木が佐々木でいる限り、誰が敵に回ってもこいつはならない。橘京子は人選を間違《まちが》えたな。こいつはそんなヤツじゃないんだ。

俺は聞き役に徹《てっ》している残りの二人、藤原と九曜を指先で示しつつ、

「こいつらはどう思ってんだ。お前が佐々木を神様に仕立て上げたいのは解るが、お仲間はどうなんだ。コンセンサスは取れてんのか？」

無論、こんな訊《き》き方をしたのは、異人二人の表情を見る限り橘京子の意見など耳にも届いていないんじゃないかと推測したからだ。藤原はめんどくさそうに冷え切ったカップを眺《なが》めているだけで、九曜はどこも見ていないような顔で空中を凝視《ぎょうし》している。

うなだれていた橘京子は、垂れた髪《かみ》の間から覗《のぞ》かせた目を動かし、無反応な未来人と宇宙人を見て、さらに深く頭《こうべ》を垂れた。

「そうなのよね。これもネックの一つなのです。ちっとも協力的じゃないんですもの」

泣き言のような橘京子の声に、藤原がふっとイヤな笑い方をして、

「当たり前だ。協力だって？　過去の現地民と共闘《きょうとう》するほど僕は落ちぶれちゃい

ないさ。利用価値がある可能性を考慮《こうりょ》してここまで来てやったのに、どうやら期待するまでもなかったようだ」

橘京子が怒《おこ》り出すなら俺も同調したくなるような口調で、

「どちらでもいいことなんだ。涼宮だろうが佐々木だろうが、自然現象と考えるならば同じものだ。個々の人間にそんな価値はない。時間を歪《ゆが》ませる力、時空改変能力。見るべきものはそこにしかない。力が存在するなら、それが誰にあろうと関係ないんだ」

藤原の視線は橘京子を飛び越《こ》えて九曜に向けられた。

「お前もそう考えているんだろう？」

未来人に対して、九曜は無反応だった。モサモサの髪を空調の微風《びふう》にすら揺《ゆ》るがすことなく、桁外《けたはず》れなまでの動きのなさでボーっとしている。自分がどこにいるのかも解っていないような感じを受ける。というか、こいつは本当に俺の前にいるのか？　こうして目の当《ま》たりにしても存在感が希薄《きはく》を超《こ》えてゼロに近い。厚みがないというか、工事現場の立て看板でもこいつ以上の生気があるだろう。

再び沈黙《ちんもく》の帳《とばり》が降りそうな雰囲気《ふんいき》の中、

「んん……！　もうっ！」

勢いよく顔を上げ、橘京子はだしぬけに、

「手を出して」

俺を真面目《まじめ》な顔つきで見て、

「説明するより、体験してもらったほうが早いわ。そうすればあたしの言っていることも理解できるはずです。少しでいいから、手を貸してみて」

ささくれ一つない両手を、まるで俺の手相を見せろというふうに伸《の》ばしてくる。溺《おぼ》れてもいないのにその手を握《にぎ》るかどうするか迷っていると、佐々木が肩《かた》で俺をこづいてきた。

「キョン、橘さんの言うとおりにしてあげてくれないか」

俺は右手を差し出した。橘京子の湿《しめ》っぽい指が手のひらを握り、さらに注文を告げる。

「目を閉じて。すぐにすみます」

なんだかデジャヴを感じつつ、その言葉に従ってやる。軽くつむった目蓋《まぶた》越しに間接照明を認めつつ、視界を閉ざされたおかげで鋭敏《えいびん》さを増した耳に届くのは店内の喧噪《けんそう》とも言えない物音とクラシックのイージーリスニング。これはブラームスだったかな。

しかし――。

「もう開けていいわ」

橘京子の合図と、弦楽器《げんがっき》の調べが突然《とつぜん》消え失《う》せたのが同時だった。

俺は目を開ける。

橘京子が俺の手を握って微笑《ほほえ》んでいる。橘京子だけが。

圧倒《あっとう》的な静寂《せいじゃく》が俺の周囲にあるすべてだった。佐々木も九曜も藤原もいない。他《ほか》の客も店員もどこかに消えていた。集団神隠《かみかく》しにあったように、マリーセレスト号のように、長めの瞬《まばた》きの間に誰もがいなくなっている。

俺と橘京子の二人が、数瞬《すうしゅん》前と同じテーブルに座って、そして手を繫《つな》ぎ合っていた。

「な……」

目が勝手に泳ぐ。柔《やわ》らかい室内灯に照らされた喫茶店《きっさてん》は俺たちのみを残してもぬけの殻《から》だ。何だここは、と口にする前に、俺はどこかで会得した肌触《はだざわ》りを感じて、それが何かを思い出した。同じようで違う場所。無人。

「閉鎖《へいさ》空間……」

「古泉さんはそう呼んでるみたいね」

橘京子は手を離《はな》し、すっくと立ち上がった。

「案内するほどでもないのですけど、ちょっと外に出てみませんか?」

水を得た魚のように、橘京子はステップを踏《ふ》むにも似た足取りで俺を誘《さそ》う。

座っていても始まらないのは俺も賛同できた。閉鎖空間に侵入《しんにゅう》するのは久しぶりで、考えてみれば過去に二回しかない。一度目は古泉と、二度目はハルヒとか。三度目の今回は、どうやら古泉にタクシーに乗せられたあの時の雰囲気に近い。俺は橘京子の横に並び、自動ドアが普通《ふつう》に開くのを見守った。これも同じだ。どういう理屈《りくつ》か、この世界には電気が来ている。

外に出てまっ先にした行為《こうい》は、天を仰《あお》ぐことだった。

雨が止《や》んでいる。いや、雲もない。空はセピア調のモノトーンで統一されていた。どうやら太陽もないらしい。光源は天空そのものだ。世界全体がぼんやりとした光に包まれている。

「少し歩きましょう」

橘京子が歩き出し、俺も糸に引かれるように後を追う。

街中が完全にノーマンズランド化していても、ゴーストタウンぶりを見せつけられても、俺はさほどの衝撃《しょうげき》を受けなかった。かつて古泉が説明したまんまだ。

違《ちが》うのは――。

俺が二度ほど引きずり込まれたあの空間は、どこもかしこも灰色に彩《いろど》られていた。夜だったからかもしれないが、薄暗《うすぐら》く不気味な世界の光景をまざまざと覚えている。

しかし、ここは毛色が違っていた。オックスフォードホワイト——クリーム色をとことん希釈《きしやく》したような光に満ちた世界、俺の記憶《きおく》にある閉鎖空間よりも心なしか明るい。

　さらに大きな違い。頭を三百六十度回転させても見えてこないモノがある。あれだけ巨大《きよだい》で異質な姿を見逃《みのが》すわけはないのに。

「ふふ」橘京子が振《ふ》り返って、「ええ、そうです。ここにはアレは出ないし、最初からいないの。それが一番のお薦《すす》めポイントなのです。いいところでしょ？」

　青白い巨人《きよじん》、破壊衝動《はかいしようどう》の塊《かたまり》、ハルヒの無意識が具現化した存在。《神人》がいなかった。出る気配もない。五感が俺に伝えてくる。この閉鎖空間には世界を脅《おびや》かすものは皆無《かいむ》だった。

「閉鎖空間じゃないのか？」

「閉鎖空間ですよ？　あなたが知っているのと同じ種類の」

　俺に教えることに喜びを感じている顔をして、橘京子は言った。

「作った人が違うだけです。ここは涼宮さんが構築した世界じゃないの」

　あいつ以外にこんなもんを発生できるやつ……。

「そうです。佐々木さん。これは佐々木さんの閉鎖空間。って、あたしたちには閉鎖されてるって感じはしないけど、そうですね、違う人が作った同じ料理みたいなもの？　味に個性が出るじゃないですか」

お薦め物件を紹介《しょうかい》する不動産屋の営業マンのように、

「あたしはここにいると落ち着くの。とても平穏《へいおん》で、優《やさ》しい空気がするでしょう？　あなたはどう？　あっちとこっち、どっちが居心地いいと思います？」

「ちょっと待て」

終《つい》の棲家《すみか》を選ぶんなら、両方ともお断りだが、

「佐々木が生み出しただと？　何の理由があってだ。いつだ。《神人》がいないのはなぜだ。何のためにこんな世界がいる」

「理由なんかないのです」と緩《ゆる》んだ口元が、「この世界は期間限定の箱庭じゃないわ。ずっとこのまま、最初からこうしてあります。そう、四年前から。《神人》が見あたらないのは、そんなのいらないから。だって壊《こわ》す必要がないのですもの」

いくら探しても鳥一羽飛んでいない。静けさが痛いほど耳にしみる。

「そこが大きな違い。佐々木さんは世界を作り替えたり、破壊《はかい》しようなんて全然考えないのです。佐々木さんの意識は表も裏も、揺《ゆ》れずに固定されているの。理想的です。現実が気に入らないからって、ひっくり返さない。すべてはあるがままに」

聞こえるのは少女の素直《すなお》そうな声だけだった。

「あらためて訊《き》きます。どっちがいい？　うっかりすると世界をおかしくしちゃう神様と、何もしてくれないけど暴れたりもしない常識の人」

猛烈《もうれつ》に弁護したくなった。ハルヒにだって常識はあるんだ。たまにネジが緩むだけで、つきつめていけば普通の女なんだよ。昔はどうだったか知らないが、現在のハルヒは現実に寄り添《そ》うようになっている。たまに事態をややこしくするものの、ＵＦＯの雨を降らせたりはしない。

確実に言えるのは、あいつは二度と世界を作り直そうとはしないってことだ。

「自信家さんなのね。涼宮さんが無意識にすることなんて、誰にも解《わか》らないと思います。古泉さんにだって、未来人にだってね」

手を後ろに組んで、橘京子はきびすを返し俺の顔を覗《のぞ》き込む。

「あたしにも解らないから不安なの。でも佐々木さんなら大丈夫です。ここを見たら解るでしょ？　不安定要素がありません」

ニッコリとした笑顔《えがお》には可愛《かわい》げの成分がたっぷり振りかけられていた。

「だから、あたしは佐々木さんこそが本当の力の持ち主だと思うの。そうなるべきだったと思うの。涼宮さんがああなっちゃったのは、何かの間違い、誰かの手違い」

未《いま》だ原因不明のハルヒの変態パワー。古泉に赤玉変身能力を付与《ふよ》し、宇宙意識の興味を引き寄せ、朝比奈さんによると時間断裂《だんれつ》の中心にあったとされる何か。それが佐々木に発現していたとしたら? 現有SOS団勢力はどうなっていた?

想像できんな。

俺は考えるだけ無駄《むだ》な発想を追いやるべく頭を振って、

「それで」ようやく声を回復、「俺にどうしろって話だ。ハルヒの力を佐々木に移植でもするのか? できっこないだろ」

しばらく橘京子は俺をしげしげと見つめ、ふふっと微笑《ほほえ》んでから、

「そうでもないわ。あなたが協力してくれたらできることです。あなたと佐々木さんがうんと言ってくれたらね。あたしたちの望みはそれだけ。簡単でしょう?」

ぱっと後ろに飛び退《の》き、

「お店に戻《もど》りましょ。今日のあたしの用件はおしまい。あなたも考える時間が欲しいでしょうから」

そういえば俺たちはどうなっているんだ。喫茶店《きっさてん》の椅子《いす》に座ってて、いきなりここに来て外に出ちまったが、残された佐々木たちからはどう見えているのだろう。

尋《たず》ねようにも橘京子はさっさと来た道を戻っているところだった。考えてみれ

ば無人の世界に男女二人きりでいるのはちと問題か。そんなことを気にしている場合ではないが、俺だって長居はしたくなかった。ここは静かすぎる。まだ《神人》なりがいてくれたほうが動きがあって気が紛《まぎ》れるだろう。なんてこった。あんなのが懐《なつ》かしく感じるなんて、俺の頭はだいじょうぶか？

少女の姿が茶店の自動ドアに吸い込まれた数秒後、俺も店内に舞《ま》い戻った。コーヒーの香《かお》りもしない。

「早く、座って」

三人がけの真ん中、元の席について橘京子がテーブルに手を置いている。俺がまだ体温の残る自分の椅子に座ると、

「目を閉じて手を出してください」

目を開けていれば何が見れただろう、と思いつつ、俺はその手に自分の手を重ねて目をつむった。耳をすます。

橘京子の指にわずかな力が加わり――

すっと手が離《はな》れた。瞬間《しゅんかん》、聴覚《ちょうかく》が回復した。いや、復活したのは世界のほうだ。BGMのブラームス、小さく響《ひび》く雨だれの音、コーヒー豆の焦《こ》げるような芳香《ほうこう》、それから人々の気配が俺の五感に一気に雪崩《なだ》れ込んできた。目を開ける。

佐々木がくいと片眉《かたまゆ》を上げながら、

「やぁ。おかえり……で、いいのかな」

見ると藤原は素知らぬ顔で片肘《かたひじ》をつき、九曜は寝《ね》ぼけた顔で反応せず、二人に挟《はさ》まれた橘京子は氷水で喉《のど》を潤《うるお》している最中だった。俺は疑問に思うところを佐々木にぶつける。

「俺はどうなっていた？」

「別に何も」佐々木は手首を返して細い腕時《うでど》計《けい》を見て、「十秒ほど目を閉じて橘さんと触《ふ》れあっていたね」

その手で唇《くちびる》を一撫《ひとな》でし、

「で、見たのかい？　僕の内面世界とやらを」

「ああ」

不承不承、俺は首肯《しゅこう》した。幻覚《げんかく》でなけりゃ、行って来たと言ってもいいだろうな。佐々木にとって十秒ほど、俺と橘京子が消え失《う》せてなかったというのは解《げ》せない理屈《りくつ》だが。

「感想はあるかい？」

「ねえな」

「だろうね」

佐々木はくっくっと喉を鳴らし、

「お恥《は》ずかしい限りだよ。心を覗かれたも同然だ」

「ねえ、佐々木さん」と橘京子はグラスを置き、「やっぱりどう考えてもあなたが相応《ふさわ》しいの。前向きに考えてくれない？」

「うーん、どうだろうねえ」

わずかに首を傾《かし》げた佐々木は、俺に横目を送ってきた。

「キョンはどう思うんだ。僕が持ってもいいものなんだろうか。その変な力というのは」

よしあしで測るもんじゃないと思うし、だいたい何で俺に訊《き》く。

なんとなくの感覚で解《わか》ることと言えば、佐々木が奇妙奇天烈《きみょうきてれつ》な偽神《にせがみ》パワーを持ったとしても、草野球のスコアに不満を覚えて発動させたり映画のシナリオを現実化したり八月を巻き戻し続けたりオーパーツをあわや掘《ほ》り出しそうになったりしないってくらいだろう。その代わり、負傷した上級生の代わりにバニーでステージに上がったり生徒会長に刃向《はむ》かったりもしなかっただろう。

いや、んなこたどうだっていい。決定的なのは、佐々木が云々《うんぬん》ってことではないんだ。

俺はさり気なさを装《よそお》った視線を対面に送った。

未来人藤原。他《ほか》二名。

こいつらに与《くみ》することなど、あり得ないにもほどがある。朝比奈さんを呼び捨てにするスカし野郎《やろう》と朝比奈さん誘拐犯《ゆうかいはん》、もう一人は俺たちを雪山で遭難《そうなん》させ、あげくの果てに長門を倒《たお》れさせたときたもんだ。

考えるまでもねーだろ。

佐々木とは友人で居続けたいが、こいつらと仲よくしても俺の心身が安らぐことはエンプティを振《ふ》り切ってマイナスゾーンに侵入《しんにゅう》しているレベルだぜ。

俺がハッキリその旨《むね》を伝えようと、前段階として大きく息を吸ったとき、

「お待たせしました」

出鼻をくじくタイミングで、ウェイトレスがトレイに四つのカップを載《の》せてテーブルに近づいてきた。

俺は発言を一時中断し、そろって黙《だま》り込む他の連中の輪に加わった。単なる世間話でもそうだが、電波かと思われるセリフを関係者以外の耳にお届けしたくはないからな。

気詰《きづ》まりな沈黙《ちんもく》が覆《おお》い被《かぶ》さる中、カップとソーサーが立てる陶器《とうき》の触れあう音がやけに明瞭《めいりょう》に聞こえる。一つは佐々木の前に、次に俺、橘京子の順にホットコーヒーが置かれ、最後に九曜の前に――。

ガシャン。

驚《おどろ》きの展開が目の前で起こっていた。

それまでピクリともしなかった九曜が、ウェイトレスの手首を片手でつかんでいる。

いつ腕《うで》を動かしたのか、まったく目に留まらなかった。動いた気配すら感じさせず、しかし九曜はしっかりと女性店員の腕、それもテーブルにカップを置こうとして受け皿を持った手を握《にぎ》りしめている。

完全な無表情を前方に固定したまま、片手以外を寸分も動かさずにだ。

「……あ？」

俺はアホのように口を開ける。

もっと驚いたのは、ウェイトレスの持ったカップが、皿から相当飛び跳《は》ねただろうに中身を一滴《ひとしずく》たりともこぼしていないことだった。割と派手なSEを放ったことからみて、相応の衝撃《しょうげき》があったのは間違《まちが》いない。

なぜ――？

すぐに解った。

「いかがなさいましたか？」

やんわりと微笑《ほほえ》むウェイトレスさんは、気を悪くしたふうでも戸惑《とまど》ってもいなかった。他人から見れば何のことはない笑《え》みだろう。しかし俺の背筋に氷柱《つらら》のような悪寒《おかん》が滑《すべ》り落ちたのは理由なくしてのことではない。その人の顔を、俺はよく知っていた。

「喜緑さん……」

我ながら呻《うめ》くような声だ。

「……何やってんですか、こんなところで」

「こんにちは」

前掛《まえか》けエプロンをその身に帯びた喜緑江美里さんは、まるで高校の上級生が偶《ぐう》然《ぜん》顔見知りの下級生と出くわしたような――要するに今の状況《じょうきょう》そのものの――何気ない表情で会釈《えしゃく》した。少しの淀《よど》みもない口調は、とても謎《なぞ》の宇宙人に手首を締《し》め付けられている真っ最中の有機アンドロイドだとは思えない。九曜の握力《あくりょく》がどの程度なのか俺も実地で体験したくはないが、ただの力以上の仕事量が働いていそうであり、そして九曜は、何事かと身を乗り出している佐々木と橘京子の丸くなった目を考慮《こうりょ》することなく、ただ超絶的《ちょうぜつ》な非人間さで片手以外の身体一部分たりとも――女子校の制服《ふく》を含めて――寸毫《すんごう》も動かしていなかった。

喜緑さんもまた、非現実的なまでの落ち着きぶりを発揮して、

「失礼ですがお客様」

物言わぬ物体となっている九曜に、

「お放しいただけますか。このままでは、ご注文の品をお届けすることができません」

「――――――」

金魚のように瞬《まばた》きしない目は、はっきり言ってどこも見ていない。

「お客様」喜緑さんの声はどこまでも牧歌的だった。「よろしくお願いします。おわかりですね。わたしの言っていること……」

両者間で、焚《た》き火の中の薪《まき》が爆《は》ぜたような効果音を聞いたのは、俺だけだったろうか。

「――――――」

九曜は緩《ゆる》やかに指を解《ほど》いていった。小指から親指までをシャクトリ虫のように動かして喜緑さんの手を解放すると、さらにゆっくりと手を膝《ひざ》の上に戻《もど》す。

「ありがとうございます」

コーヒーカップを支えたまま、喜緑さんは丁重《ていちょう》なお辞儀《じぎ》を見せると、改めて九曜の眼前に皿を置いた。九曜が元のブリキ人形状態を維持《いじ》し始めたおかげで、俺は盛大に息を吐《つ》くついでに、もう一度尋《たず》ねた。

「何してるんですか、喜緑さん」

「アルバイトです」

見りゃ解《わか》る。店員でもない者がエプロンつけてコーヒー運んで来るわけがないからな。なぜアルバイトなんぞをいきなり始めているのかを、ロマノフ王朝の隠《かく》し金塊《きんかい》のありか以上に今聞きたい。

しかして喜緑さんは、何食わぬ顔で伝票をそっとテーブルに置きながら俺に囁《ささや》いた。

「会長には内密にお願いします。生徒会役員は原則、アルバイト禁止ですから」

長門にはいいのか。じゃない、そんなことより。

「ごゆっくり、どうぞ」

応対が嚙《か》み合わないまま、喜緑さんはトレイを下げて引っ込んだ。三年前からこの店でアルバイトしているような小慣れっぷりだが、お冷やを出したりオーダー取りに来たのも彼女だったのか。今まで気づかなかったのは大衆心理に潜《ひそ》む見えない人理論が働いていたか、何か宇宙的な力が作用していたか……。あるとしたら後者だな。九曜にできることなら喜緑さんにも可能っぽい。

「誰だったんだい？」

佐々木の問いには、

「学校の、先輩《せんぱい》」

そう答えるしかなかった。俺が九曜の目立ちすぎるくせに人目を寄せ付けない

容貌《ようぼう》と、新しく入ってきた客の元にすかさず冷水グラスを届ける喜緑さんを比べるように眺《なが》めていると、

「くっ」

抑《おさ》えきれなくなったような変にこもった笑い声を漏《も》らしたのは、藤原だった。アイロニーにまみれた唇《くちびる》を歪《ゆが》ませ、

「はっは。これはいいものを見せてもらった。これぞ茶番の中の茶番だ。ふっくっく、滅多《めった》に拝むことのできないゼロ次接遇《せつぐう》じゃないか。実に面白《おもしろ》い人形劇だ、はっ」

ホットコーヒーを頭からぶっかけたくなったが、未来人は意外にも本気で面白がっているらしかった。俺の前でなければ爆笑《ばくしょう》したんじゃないかと思える勢いで、その実身体《からだ》を細かく震《ふる》わせている。

驚愕《きょうがく》顔のまま硬化《こうか》していた橘京子は、やがてあきらめた表情となり、事態についていけないことを示すパフォーマンスのように肩《かた》をすくめ、俺は佐々木と互《たが》いの顔色を探《さぐ》り合いつつ藤原の反応が何を意味するのか無言のままに問いかけたが、ありもしない答えが得られるわけもなく、九曜の白い顔だけがカップから立ち上る淡《あわ》い湯気で隠されていた。

思いも寄らぬアルバイター喜緑さんの闖入《ちんにゅう》により、藤原と九曜以外のスタンダ

ード高校生トリオ（俺含む）はすっかり毒気を抜《ぬ》かれてしまい、気味の悪い思い出し笑いをする未来人と、ホットブレンドを一顧《いっこ》だにせず故障した鉱石ラジオ並みに動かない宇宙人製アンドロイドの相手をするのにも疲《つか》れてきたなと思っていると、

「――――」

九曜は何の前振りもなく無音で立ち上がると、ハイレベルな忍者《にんじゃ》マスターよりも足音を立てずムービングウォークに運ばれてるみたいな滑《なめ》らかな動きで自動ドアに向かった。さすがは文明の利器、人間には解らなくても機械的センサーには解るらしい、サッと開いたドアをくぐった九曜は、傘立《かさた》てのコンビニ傘を忘れず回収してから、いずこともなく姿を消した。俺たちの間に漂《ただよ》う雰囲気《ふんいき》を察してくれたのかもしれない。だが、何しに来たんだ、あいつは。

「あたしも」

橘京子が弱々しくあるも健気《けなげ》な笑みで、

「今日は疲れちゃった。帰ります。でも、あと少し、話したかったな。佐々木さん、またお願いします。あ、ここの払《はら》いはあたしに任せてください。平気だから。今日はありがとうね」

気丈《きじょう》に言って席を立つとキャッシャーへと進み、店員さんに「領収書ください。

宛名《あてな》は空欄《くうらん》で」などとやり取りしつつ支払《しはら》いを終え、小さく手を振《ふ》って小雨《こさめ》の中を傘差して去っていく。

俺もまた未来人の嘲弄《ちょうろう》の対象になるのは少なからず気分を阻害《そがい》するため、暇《いとま》を乞《こ》うことにした。部屋に帰ってシャミセンと昼寝《ひるね》せねばならん。

「またな、佐々木」

「ああ」佐々木はしんみりと俺を見上げて、「近いうちに連絡《れんらく》することになると思う。迷惑《めいわく》なのは承知しているよ。けどキョン、僕としてはこの一件を長引かせたくない。次の全国模試が迫《せま》っているしね。早めにケリをつけてしまおう」

「まったくだ」

心の底から同意する。お前でよかったよ。俺の知る、中学時代のままの佐々木でな。

藤原は最初のふてぶてしい面構《つらがま》えに戻って俺たちの会話を聞いていたが、最後は何も言わず、いたずらに俺の気を損《そこ》ねることはなかった。俺をビックリさせるためのように出現した喜緑さんの存在にひっかかりを覚えたとはいえ、たぶん九曜の観察目的と推察すれば納得《なっとく》できる。これが長門だったら九曜相手に融通《ゆうずう》がきかなそうだし、朝倉が復活しなくて何よりだ。ナイフの餌食《えじき》になるのは、俺のバカな人生中でも金輪際《こんりんざい》断り続けたい経験の一つだ。

こうして俺は喫茶店《きっさてん》を出たため、残った佐々木と藤原が何を話したのかは知らない。
知りたいとも思わなかった。この時には。

# 第三章

## α―5

月曜日。朝。

日曜をまるまる休養に充てたせいで、この日の両脚《りょうあし》は軽かった。

四月の中旬《ちゅうじゅん》に差し掛《か》かろうとするこの時期にもなれば、さすが無意識のうちに間違《まちが》えて一年の校舎を目指すこともなく、速《すみ》やかに二年五組の教室にある自分の席に腰《こし》を落ち着けた俺は、後ろを向いて黒髪《くろかみ》の頭に声をかけた。

「どうした。一ヶ月前倒《まえだお》しの五月病か？」

俺が登校してくるより先に来ていたハルヒは、どこか弛緩《しかん》した様子でフニャリと机にへばり付いていたんである。

「違うわよ」

ハルヒは顔を上げると同時に「うーん」と伸《の》びをして、アクビまで漏《も》らした。

「ちょっとだけ睡眠《すいみん》不足なのよ。寝《ね》るのが遅《おそ》くなって。昨日は色々いそがしかったのよね」

そういやお前は休みの日には何やってるんだ。深夜ラジオでも聴《き》いてんのか。

「何であたしのプライベートをあんたに教えてあげないといけないのよ」

唇《くちびる》をワニのように尖《とが》らせて、

「近所の子に勉強教えたりとか、部屋の掃除《そうじ》とか週ごとの模様替《が》えとか、それはもう色々よ。ラジオはたまに聴くけど。あとは資料作成しないといけなかったし」

俺は眼鏡《めがね》少年ハカセくんを思い出しつつ、

「資料？　何の？」

「ふん、あんたも子供みたいね。そうやって、それなーにばっかり訊《き》いてくるところ。どうして男っていつまで経《た》っても精神年齢《ねんれい》が上がんないのかしら。子供の知的好奇心《こうきしん》はあどけなくて気分いいけど、そんな詮索《せんさく》するみたいな顔じゃ言いたくなくなるわ。いい年なんだから、あたしのすることくらい自分の頭で考えなさい」

お前のしそうなことを考えれば考えるほど学校に居場所がなくなりそうなのは俺の勘違《かんちが》いから来るものなのであろうか。

「キョン、いい？　あんたも団員になって一年でしょ。団長の意向を読み取って、先に動くくらいのことちっとはしなさい。そんなのだからいつまでもヒラ団員なのよ。あたしの中の勤務評定表ではあんた、ぶっちぎりの最下位を驀進《ばくしん》中なんだから」

ニッと不敵に笑ったハルヒは、一限目の現国で使うノートを広げ、シャーペンを振るって適当としか見えない手つきでフリーハンドの線をしゅしゅっと引いた。

「棒グラフにするとこんな感じ」

一番長い線に古泉くん、みくるちゃんと有希と脚注《きゃくちゅう》された線が同じくらい。で、俺はというと五ミリほどの功績しか団内では上げていないようだった。別に悲しくもないが。

「それからコンピ研がこれくらいで、鶴屋さんがほら、もうこんなに。見なさい。あんた、部外者にまで負けてるわ。前の会誌の原稿《げんこう》もロクなもんじゃなかったしね」

団員その一にして最古参なのに情けない、とか思うところなんだろうかね。そりゃコンピ研は合計五台のパソコンを献上《けんじょう》してくれたお人好しだし、鶴屋さんの上位に位置しようなんて干支《えと》が一回りしても無理だ。コンピ研には俺が同情票を入れるからもう少し線を上乗せしてやってもいいぜ。安いものだ。

ハルヒはホームグラウンドのサポーターが相手チームの遅延行為《ちえんこうい》に苛立《いらだ》ったようなブーイングを発しそうな表情になり、

「バッカ。もっと気概《きがい》を高く持ちなさい。幸いSOS団一周年記念日まで一ヶ月くらいあるわ。その間に武勲《ぶくん》の一つ二つを矢継《やつ》ぎ早《ばや》に挙げることね。一年生の団員が入ってきたら、あんた、何をもって先輩面《せんぱいづら》するつもり？　言っとくけど、あたしは年功序列制度なんて絶対採用しないからね！」

織田信長《おだのぶなが》方式か。戦国時代なら合戦で名のある武将を討《う》ち取ればいいんだろうが、この高校で腫《は》れ物扱《ものあつか》いされているSOS団に盾突《たてつ》く勢力など生徒会のみである。それに現生徒会長は古泉基盤《きばん》で、鶴屋さんは知らないようだが後ろ盾《だて》に『機関』の名がチラつく。あの会長の汚職《おしょく》事件でもスッパ抜《ぬ》けば足軽から供回りに昇格《しょうかく》してくれんのかね。まあ、されたくもないが。

ハルヒはなおも説教モードを続けたいようだったが、そこはそれ、予鈴《よれい》のチャイムと同時に担任岡部が足早にやって来たことで中断された。

しかしハルヒのやつ、まだ新入団員を集める気でいるのか。目論見《もくろみ》はともかく、どうやってだ？

が、気にしても仕方がない。俺は俺で土曜の朝に邂逅《かいこう》した佐々木と橘京子、九曜とかいう異星人が気がかりで、その時にはいなかったもののまた出てきそうな未来人男も懸案《けんあん》と言えば懸案だが、ケンカを売りに来ないんであれば、しばらく放《ほう》っておいてもいいかという胸の内を明かしておこう。

来るなら来やがれという気概くらいは、クワガタの幼虫がサナギになる程度に俺の中で育っているんだ。仕掛《しか》けてくるのは全然いい。だが、しっぺ返しの代《だい》償《しょう》は高くつくぜ。ボクシングでもカウンターの威力《いりょく》はただのストレートより強烈《きょうれつ》なものだ。俺の読んでいたボクシングマンガではいつもそうなっている。そしてハルヒは恩も仇《あだ》も平等に二億倍にして返すようなヤツなんである。

世界史の年表は雄弁《ゆうべん》だ。何をしたらマズいか、ちゃんと紀元前から記されているのであるから。

いや、無駄《むだ》に言葉を費《つい》やしても無意味だな。

俺が簡潔に言いたいことはただ一つ――、

SOS団を敵に回して、タダですむとは思うなよ。

昼の休み時間、俺は谷口と国木田に断りの言葉を短く告げ、弁当をぶら下げて文芸部室に向かった。

校内を見回しても、この時間もっとも停滞《ていたい》した空気を加湿《かしつ》器のように吹《ふ》き上げている場所であり、また予想するまでもない予定通りの行動パターンを長門有希はきちんと遵守《じゅんしゅ》していた。

「入っていいか？」

自分の椅子《いす》でオカルト本の洋書を読んでいる長門は顔も上げない。

「…………」

「ここで飯食わせてくれ。教室だと騒《さわ》がしくてな。たまには落ち着いて弁当食うのもいいかと思ってさ」

「そう」

長門は起き上がりこぼしのスローモーションフィルムのように顔を上げ、俺にかすめるような視線を流して、読書の続きに舞《ま》い戻《もど》る。

「お前はもう食い終わったのか？」

「…………」

こくん、と細い首がわずかに前傾《ぜんけい》する。

けっこう疑わしかったが、長門に追及《ついきゅう》するのは昼飯のことではなかった。

「九曜とかいう宇宙人のことなんだが」

俺はパイプ椅子に座り、弁当箱を包むナプキンをほどきつつ、

「あいつは、冬に俺たちを凍死《とうし》させかけた連中の手先で合っているんだよな」

長門は栞《しおり》のかわりに自分の手のひらを用い、俺に目を戻して、

「そう」

「以前お前が言った……えー、お前と似たような感じのヒューマノイドなんとか

なのか」

「おそらく」

「あいつもアレか、ハルヒの監視《かんし》とかで来たのか」

長門は瞬《まばた》き一回分の時間をかけてから、

「解《わか》らない」

相互《そうご》理解は不全、だったっけ。

「そう。しかし涼宮ハルヒの情報改変技能に関心を持っていることは間違《まちが》いない。この惑星《わくせい》上にヒューマノイドインターフェイスを派遣《はけん》した意図の一つ」

長門は事務的に言う。

「彼等、天蓋《てんがい》領域は――」

聞き慣れない言葉を耳にし、俺は待ったをかけた。

「テンガイ……なんだって？」

「天蓋領域」

静かにそう発音した長門は、

「情報統合思念体が暫定《ざんてい》的に決定した彼等の呼称《こしょう》。大きな前進。今まで、名付けるという概念《がいねん》すら持てなかった」

俺が箸《はし》を持ったまま、長門有希という名の意味について考えていると、

「それは我々から見て天頂方向より来た」

フラットな声が付け足した。

「天頂方向っていうのは」と俺は天井《てんじょう》に箸先を向け、「あっちか」

「…………」

長門は七ケタの掛《か》け算を暗算するような間を持たせてから、

「あっち」

部室の窓の外、山並み方面を指差した。北だってことぐらいしか解らないが、どのみち電波望遠鏡でも見えないような存在だ。やってきた方向なんてどうだっていい。立地の方角を気にするのは陰陽師《おんみょうじ》くらいだ。それよりも、

「長門。そのバカ野郎《やろう》どもは、また俺たちを遭難《そうなん》させたときみたいな異空間に放《ほう》り込んだりする気なのか」

「今のところその兆候は見られない」

斜《なな》め後ろに腕《うで》を上げていた長門は、その手をページを押さえる作業に戻し、

「我々と言語的コンタクト可能なインターフェイスが姿を見せた。今後しばらくは彼女による物理的接触《せっしょく》が主になると予想する」

「あいつがねえ……」

周防九曜なる女の薄気味《うすきみ》悪さを反芻《はんすう》する。統合思念体にはつけたいイチャモン

が数々あるが、インターフェイスの作成センスだけは認めてやろう。長門、喜緑さん、ついでで朝倉も入れとこう、九曜に比べたらだいぶマシだ。

淡々《たんたん》と長門は、

「周防九曜と呼称される個体による単体攻撃《こうげき》はわたしが防御《ぼうぎょ》する。あなたと涼宮ハルヒに危害は加えさせない」

誰のどんな言葉より頼《たの》もしいぜ。だがな、長門——。

俺が口を開くより早く、長門は反応した。

「朝比奈みくると古泉一樹にも」

そして長門にもだ。

「…………」

長門の固定された目に、俺は眼力を込《こ》めて応《こた》えた。

お前は自分のことを勘定《かんじょう》に入れていないようだが、俺は違うし、ハルヒも違う。九曜だろうが天蓋領域とやらの他《ほか》の何かだろうが、お前をどうにかするような真似《ね》は絶対許さん。守られっぱなしってのは面白《おもしろ》くないんでな。俺にできることは宇宙塵《うちゅうじん》なみに小さいかもしれんが、それでも何かはできるはずなんだ。

「…………」

長門は無言でページに目を落とし、きっかけを得た俺は昼食に取りかかる。

最初にマンションの708号室に招かれたあの日とは比較《ひかく》にならない。何の言葉も介在《かいざい》しない沈黙《ちんもく》がこれほど安心感を生むとはね。

午後の授業がすべて終わり、ホームルームも終了《しゅうりょう》して起立礼の合図ののち、担任岡部が壇上《だんじょう》から降りると同時に、クラスメイトたちもざわめきつつ席を立ち始める。

掃除《そうじ》当番以外の生徒は本日この教室にはもう用がなく、俺は鞄《かばん》を手にして立ち上がり、帰宅組の谷口・国木田コンビと別れの挨拶《あいさつ》をし、さて部室に足を運ぶかとしたところで、ろくに中身のないはずの鞄が急速に重くなった。

振《ふ》り返ると、ハルヒが手を伸《の》ばして鞄を摘《つま》んでいる。たいした指先力だ。

「ちょっと待ちなさい」

座りっぱなしのハルヒは、俺の耳の横あたりを眺《なが》めながら、

「明日、数学の小テストがあるって、覚えてる？」

「あー……。そうだっけ」

そういや先週くらいに数学教師が宣言してたような気がするが、そのような些《さ》事《じ》を記《き》憶《おく》し続けるには宣伝力不足だったようだな。

「やっぱり忘れてたのね。だと思ったわ」

ハルヒはふんと鼻息も荒《あら》く、

「そんなのだから、あんた一人でSOS団の団内偏差値《へんさち》を下げることになるのよ。試験なんて要領さえよければいくらでも得点できるんだから、そこはちゃんとしてなさい」

お前は俺の母親か。それより席からどいたほうがいいぞ。掃除当番が迷惑《めいわく》する。

「何のんきにしてんの。あんた、数学の教科書持ってこっち来なさい」

ハルヒは素早《すばや》く立ち上がると、俺を引っ張って教卓《きょうたく》まで連れて行く。数名の掃除当番員は、手慣れたものだ、俺とハルヒには目もくれない。ヘンな笑い顔になってんのが気になるが。

俺の教科書を奪《うば》い取ったハルヒは、教卓に無造作に広げて置き、

「この九ページ、例題2は絶対出るから覚えておきなさい。こっちの計算式も。典型的な問題だから吉崎《よしざき》なら絶対出題してくるはずよ。板書は？ ノート見せなさい」

矢継《やつ》ぎ早《ばや》な注文に、なすすべもなく従う俺であった。

「なにこれ？ 途中《とちゅう》までしか書いてないじゃない。あんた、後半寝《ね》てたわね」

いいだろ別に。お前だって今日の古文で寝てたじゃないか。

「寝ていいと判断したらそりゃ寝るわよ。聞かなくても解《わか》るもんね。あんたは解ってないでしょ。いい？　特にあんたは理数系が壊滅《かいめつ》してるんだから、力を入れるところはそうしなきゃ」

ハルヒは俺のシャーペンで教科書の問題にアンダーラインを引き、

「最低限やっとけばいいのを教えるから、頭に入れておくこと。答えだけ覚えてもダメよ。テストじゃ数字をいじってくるから。まず、こことここと」

こうしてしばらく、俺は立ったまま教卓を挟《はさ》んでハルヒによる臨時講義を受けることになった。理解のある掃除当番係の生徒たちは快く俺たちを無視してくれ、俺たちもそうする。なんか恥《は》ずいぞ。せめて部室でやってくれたらよかったのに。

「バカね。部室は部活をするところであって勉強をするところじゃないわ。きっちり区別しないといけないの。面白いことをする場所で面白くないことをしてたら興ざめでしょ」

ハルヒはさもつまらなそうに出題予想問題を指摘《してき》し、事細かな解き方を述べつつ、最終的に俺が全問正答するまで俺と教卓を解放しなかった。

「ま、こんなもんね」

シャーペンを転がして教科書を閉じたのは、俺の脳が時間外労働に対して不満の声をあげる五分前であり、掃除を終えたクラスメイトたちがすっかり消え失《う》せた頃《ころ》になってのことである。

「これで明日のテストで平均以下だったら処置なしよ。外科手術が必要だわ。できれば中間試験まで記憶してなさいよ」

保証はできかねるね。そんな未来のことまで気にしていられないって。俺はびっしりと書き込みされた哀《あわ》れな教科書を鞄に放《ほう》り込み、挑《いど》みかかるように威勢《いせい》のいいハルヒの瞳《ひとみ》を見下ろした。何か言ってやろうと思ったんだが、言葉が出てこず、誤魔化《ごまか》すように首を上下させた。

「とにかくこれで明日は乗り切れるでしょ。もし半分も解けなかったら団長として訓告処分にするからね。そんなことになったらあたしがあんた用の算数ドリルを作ってやんないといけなくなるじゃないの。手間かけさせないでよね」

ハルヒは自分の机にすたすた歩みより、鞄を手にすると、

「ぼーっとしてないで、さっさと行くわよ。みくるちゃんたちが待ちくたびれてるわ」

あの三人ほど気長に待ってくれる存在もないだろうが、俺もハナからそのつもりだ。

早足で進むハルヒの肩先《かたさき》で揺《ゆ》れる髪《かみ》を追いかけつつ、正直なところを明かすと、俺は明日の小テストを忘却《ぼうきゃく》の彼方《かなた》に追いやっていたわけじゃない。数学の授業前

の休み時間にでも国木田に教えをたまわろうと考えていただけだ。

それが今日、ハルヒに、と時間と人物が替わっただけで、ううむ、何というか、こういうのこそどっちでもいいことに分類されるのだろうな。

廊下《ろうか》を先行するハルヒに追いつくには、大股《おおまた》で十数歩かかった。風を切るように歩くハルヒの歩調は普段《ふだん》通りに無意味に威勢よく、まるで猫缶《ねこかん》の蓋《ふた》が開く音を聞きつけたシャミセンのようで、その身長の半分ほどもありそうな歩幅《ほはば》に同調するためには、俺も脚《あし》の筋肉にフル稼働《かどう》を命じなければならない。

おかげであっという間に部室前、ハルヒはノックなしでドアを押し開いて、一歩入った時点でようやく止まった。

「あ、涼宮さん。キョンくん」

パタパタと駆《か》けよった朝比奈さんは、なぜかメイド姿でなくノーマルに制服姿だった。ちょっと困った顔の未来娘《むすめ》さんは、どこか儚《はかな》げで不安そうな声で、

「待ってたんです。もうすぐ呼びに行くところでした。あ、そのう、待ってたのはあたしじゃなくて、そのう」

ハルヒが動かないため、俺は首を伸《の》ばしてセーラー服の肩口《かたぐち》から内部をうかがい、

「げ」

思わず変な声を出しちまう。

長門が片隅《かたすみ》で本を読み、古泉がテーブル席で微笑《ほほえ》みを浮《う》かべているのは日常そのものなのでいいとして、予想外のことが起こっていた。

朝比奈さんは部室を振《ふ》り返りつつ、

「皆《みな》さん、お待ちでした。湯飲みが足りなくてお茶も出せなくて、あの、三十分ほど前から次々と……。あたし、どうしたらいいか解《わか》らなくて」

困惑《こんわく》の表情もよく解る。

部室は完全に定員オーバーになっていた。

上履《うわば》きの色を確認《かくにん》するまでもなかった。きっと一年前の俺たちも同じ雰囲気《ふんいき》を漂《ただよ》わせていたことだろう。何というか、フレッシュと表現するのはありきたりに過ぎるが。

新一年生の男女が、文芸部室の内部にひしめきあっていた。

その数、およそ十名。

全員が俺とハルヒを見つめ、何やら変な笑顔《えがお》を作る。

張りつめたような空気の中、ハルヒがようやく、

「……ひょっとして、入団希望者？」

朝比奈さんと古泉の返答に先んじたものは、

「はい！」

男女混合約十名の唱和の声だ。

根拠《こんきょ》不明な希望に満ちた若々しい合唱を聞き、俺の口は誰ともハモることのないセリフを生み出すのだった。

「やれやれ」

## β―5

月曜日。朝。

昨日あんなことがあったせいで、今日の俺の胸中は複雑だったが、顔つきまで複雑系にしておくわけにはいかない。万能《ばんのう》包丁のように切れ味鋭《するど》い勘《かん》のよさを誇《ほこ》るハルヒのことだ、よからぬ俺の思いを曲解したあげく三百六十度回って正解を言い当てるかもしれない。

せいぜい、しゃっきりした仮面を被《かぶ》っておかないとな。

幸か不幸か、俺が登校してくるより先に来ていたハルヒは、どこか弛緩《しかん》した様子でフニャリと机にへばり付いていた。

今さら通学路の強制平日ハイキングに疲《つか》れているわけでもあるまいし、深夜映画でも観《み》ていたことによる睡眠《すいみん》不足か何かだろう。

やや好都合だ。俺は脱力《だつりょく》していていただきたい一心で、可能なまで静かに自席に着いて、鞄《かばん》をそっと机の横にかけた。

背中でハルヒが顔をちょっと上げるような髪と衣擦《きぬず》れの音を聞きつつ、チョークで汚《よご》れていない黒板を眺《なが》め続ける。

予鈴《よれい》が鳴り響《ひび》き、担任岡部が快調にやって来るまで、俺はじっとそうしていた。

寝《ね》不足というなら、実は俺もそうだった。昨日、久しぶりに変なプロフィールを持つ人間から非現実的な場所移動を強《し》いられたおかげで、頭が冴《さ》えるあまり寝付きが悪かった。

夜中に電話が鳴り出すんじゃないかと、ビクビクしていたせいもある。

そのためだろう。

二時限目の授業、古文の最中に俺は舟《ふね》をこぎ始めた。回避《かいひ》できないほどの眠気《ねむけ》は、教室を照らす春の日の光が促進《そくしん》させているものと思われる。背後ではとっくにハルヒが寝息を立てているし、睡眠学習の臨床者《りんしょうしゃ》がもう一人増えても困るまい

……だめだ。マジで睡魔《すいま》の中でも最上級のやつが来やがった……。

……。

あえなく俺は短時間睡眠の魔の手に落ち、そしてよりにもよってな夢を見た。

実際にあった出来事の追体験だ……。

中学三年生の……ある日のメモリーズ。

…………

……

…

どうにもこうにも平和で退屈極《たいくつきわ》まりない日常を十何年かやっているうちに、ふと気が付いたら物騒《ぶっそう》なことを考えている自分を発見してギョッとすることがある。

例えば、どこぞの軍隊が誤射したミサイルが間違って降ってきやしないだろうかとか、落下してきた人工衛星が燃え尽《つ》きないまま日本のどこかに直撃《ちょくげき》しやしないだろうかとか、どでかい隕石《いんせき》が落っこちて世界が未曾有《みぞう》の大混乱に陥《おちい》ったりしないだろうかとか、別に今の生活に絶望を感じるあまりカタストロフを望んでいるわけではないのだが、つらつらとそんなことを考えるのである。

てなことをクラスメイトにして友人の佐々木に言うと、

「キョン、それはエンターテインメント症候群《しょうこうぐん》というものだよ。マンガか小説の読み過ぎだ」

いつもの慇懃《いんぎん》な笑みを浮《う》かべた顔で解説してくれた。聞き覚えのない言葉である。当然のことながら俺は問うた。それはいったい何か。

「聞き覚えがないのも無理はない。僕が今さっき作った言葉だからね」

と前置きしてから、

「現実はキミの好きな映画やドラマ、小説やマンガのように出来ていない。それがキミには不満なんだろう。エンターテインメントの世界にいる主人公たちは、ある日突然《とつぜん》、非現実的な現象に直面し、不都合を感じ、快適とは言い難い状況《じょうきょう》に置かれてしまう。多くの場合、それらの物語の主人公は知恵《ちえ》や勇気、隠《かく》されていた秘力、あるいは意図せざる能力を開花させて現状の打破を計らんとする。しかしながらそれはあくまでフィクションの世界でしか起こりえない物語なのだ。なぜならフィクションであるがゆえに、それらの物語はエンターテインメントとして成立するのだからね。映画やドラマや小説やマンガのような世界が日常に普遍《ふへん》的に見られるようなものなのだとしたら、もはやそれはエンターテインメントではなくドキュメンタリーだ」

解《わか》ったような解らないような理屈《りくつ》だったので俺は正直にそう言った。佐々木は喉《のど》の奥でクックッと笑い声を立てた。

「つまるところ、現実とはかように確固たる法則によって支えられているということさ。いくら待っていても宇宙人は攻《せ》めてこないし、古代の邪神《じゃしん》が海中から蘇《よみがえ》ることもない」

　なぜそんなことが解るのだ。絶対にあり得ないなんてことがこの世にあるとでも言うのか。少なくとも巨大隕石《きょだいいんせき》が地球にぶつかる確率はゼロではないはずだ。

「確率と言ったかい？　あのねキョン。確率なんてことを言い出したら、確かに不可能なことなど何もなくなるよ。たとえば、」

　佐々木は教室の壁《かべ》を指さし、

「キミがあの壁に思い切り突進《とっしん》して、隣《となり》の教室にすり抜《ぬ》けて行ってしまうことだって確率的にはゼロじゃないんだよ。おや、壁抜けなんか出来るわけないだろ、と言いたげだね。しかしそうじゃないのさ。量子力学的ミクロの世界では、決して電子を通さない絶縁体《ぜつえんたい》で遮《さえぎ》られているにもかかわらず電子がその物体をいつの間にか通過して別の場所に現れることがよくあるんだ。トンネル効果と言うんだがね。それを踏《ふ》まえて考えると、キミの身体《からだ》を構成している元素もまた元をたどれば電子と同じ粒子《りゅうし》に他《ほか》ならないのだから、同じようにそこの壁をぶち抜くことなく素《す》通りすることも不可能ではないという寸法だ。ただし一秒に一回体当たりするとして百五十億年かかってもまだ成功しないぐらいの確率だがね。それはすなわち、不可能と言ってもいいんじゃないかな？」

　いったい俺たちは何を話していたんだっけ。佐々木の話を聞いているうちに自分の考えていたことがだんだん不明瞭《ふめいりょう》になっていき騙《だま》されたような気分で会話が終わってしまうのもいつものことだ。

佐々木は端整《たんせい》な顔立ちに柔和《にゅうわ》な微笑《ほほえ》みを広げ、真正面から覗《のぞ》き込む。

「それにねキョン。もし非現実的物語世界空間に放《ほう》り込まれたとして、キミがフィクションにおける主人公たちのように都合良くたち振《ふ》る舞《ま》えるかは甚《はなは》だしく疑問と言うしかない。彼らがなぜ知恵や勇気や秘力や能力を駆《く》使《し》して逆境を打破出来るかというと、それはそのように制作されたからだよ。ではキミの制作者はいったいどこにいるんだい？」

ぐうの音も出なかったことを覚えている。

以上は今から二年前の六月のある日、中学三年生時代における教室での佐々木と俺との会話だ。佐々木とはこの年の春になって初めてクラスメイトとして知り合ったが、妙《みょう》に話が合うのでよくどうでもいいような話をする仲になった。エラリー・クイーンの国名シリーズを全部読んでる生徒など知る限り佐々木一人である。ちなみに俺も読んでいない。どんな話なのかは佐々木が面白《おもしろ》おかしく語ってくれるあらすじで知った。

佐々木とは三年生になって俺が無理矢理行かされている学習塾《じゅく》でも同じコースにいるという縁《えん》もあり、まあ昼休みに一緒《いっしょ》に給食を食う程度には親密であると言えばだいたい想像はつくだろうか。俺は基本的に飯はマンガ雑誌でも読みながら一人で食うのが好きなタイプの人間だが、こいつとなら平気で箸《はし》が進むのである。ただし学校と塾以外での接点はまったくない。親友か、と聞かれるとノーと答えることになるだろう。

佐々木は横の席から身を乗り出すようにして俺の机に肘《ひじ》をついている。キラキラと良く輝《かがや》く二つの黒い目が整った目鼻立ちの中でも特に際《きわ》だっていた。回りくどくて理屈っぽい言葉遣《づか》いを改めればさぞかしモテることだろうにと思う。

ためしに思ったままのことを言ってみた。

「面白いことを言うね」

佐々木は爆笑《ばくしょう》をこらえるような表情になって、

「モテるとかモテないとかがこの人生において問題視される理由が解らないね。僕はいつでもどこでもどんな時でも理性的かつ論理的でいたいと思っている。現実をあるがままに受け入れるには、情緒《じょうちょ》的感情的な思考活動はじゃまっけなノイズでしかありえない。感情なんてものは人類の自律進化への道を阻害《そがい》する粗悪《そあく》な遮蔽物《しゃへいぶつ》としか思えないな。特に恋愛《れんあい》感情なんてのは精神的な病の一種だよ」

そうなのか？

「昔ね、そう言っていた人がいるんだ。示唆《しさ》に富んだ言葉だったので今でも記憶《きおく》する部分さ。ひょっとしたら愛情がなければ結婚《けっこん》できないとか子供を作れないとか、血迷ったことを言いたいんじゃないだろうね」

　俺は沈黙《ちんもく》する。さて、俺は何が言いたいのだろう。

「野生動物を見てみるといい。彼らのうちには確かに子供を慈《いつく》しみ、守り、育てているように見える種類もいる。しかしそれは愛情によってのことではない」

　佐々木は唇《くちびる》の端《はし》だけを歪《ゆが》ませる。偽悪《ぎあく》的な微笑。問いかけて欲しそうだったので俺はそうする。

「じゃあ何によってだ？」

　佐々木は言った。

「本能によってさ」

　ここから本能と感情は別のものなのか、一体化しているものなのか、一体化しているなら分離《ぶんり》可能なのか、などの講釈《こうしゃく》をしばらく一方的に聞かされ、いつの間にか性善説と性悪説の相違《そうい》について修辞的な観点から分析《ぶんせき》するという問題にシフトしてきたあたりで、俺の机の上に第三者の人影《ひとかげ》が落ちた。俺たちと同じ班に属してる美化委員、岡本が進路希望用紙を持ってやって来たのである……。

……

……

…………

軽《かろ》やかにチャイムが鳴り、俺が聞いたのはその最後のリフレインだけだった。

岡本の顔を思い出す前に、俺は目を覚ました。瞬時《しゅんじ》に現在地の確認《かくにん》。北高の二年五組教室。いつのまにやら休み時間になっている。ハルヒはまだ夢の途中《とちゅう》にいるらしい。静かで定期的な寝息《ねいき》が聞こえる。

よくぞ二人並んでの居眠《いねむ》りを指摘《してき》されなかったものだ。奇蹟《きせき》に近い。悟《さと》りに至った教師からサジを投げられているんだとしたら、まあハルヒは喜ぶだろうが学業芳《かんば》しくない俺にはあまり手放しするほど嬉《うれ》しい事態ではない。これでも進学が目標で、少なくとも親はその気だ。

開いた教科書を安眠枕《あんみんまくら》代わりにしていたため、顔に跡《あと》でも残っていないかとさすっている間に、俺はさっき見た夢の内容をほとんど記憶から欠落させていた。あれ？　なんだか重要なセリフを聞いたような気がするんだが。佐々木が出てきたのは覚えているが、会話の内容がハッキリしない。

俺は自分のこめかみにデコピンを与《あた》える。イテ。

これが現実で、さっきのが夢。当たり前だというのはたやすい。しかし俺は、たまに今ここにいる世界がちゃんとした現実であると強固に確かめる必要があった。後ろ向きな追憶《ついおく》の念にいつまでもこだわる無意識に活を入れてやらねばいかん。

佐々木や九曜や橘京子たちも現実っちゃあそうなんだが、俺の立ち位置はそっちではなく、あくまでこっちなんだ。現在、俺の真後ろで惰眠《だみん》を貪《むさぼ》っているだろう団長殿《どの》のいるほうなのだ。

決して忘れてはならない、忘れるはずのない現実なんである。

万が一破壊《はかい》されるようなことがあれば何としてでも修復してやる、それが俺が持つ意思のすべてだ。

誰に言われたからでも、誰かのためでもない。俺は分不相応にも正義の味方や博愛主義者を名乗ろうとは思わないからな。だから、それは究極のところ自分のためなのさ。そう決めたんだ。去年のサンタスティックな頃《ころ》に。

昼休みになってハルヒが教室から不在となり、俺は谷口と国木田と机を囲んでランチタイムを心ゆくまで満喫《まんきつ》する。

旧知の連中とつるんでしまうのは別段俺が交友録名簿《めいぼ》に新たな名を記載《きさい》するのが面倒《めんどう》だからというわけではなく、言ってやれば、この二人はそれなりにデキている友人どもだったから今さら距離《きょり》を置きたいとも思えず、これはまともなクラス替《が》えをしなかった学校当局に責任を求めたい。だから俺はこれからの一年間をこいつらと友人関係を保ちつつ過ごすことにするぜ。

「キョン。これ、訊《き》いていいかなぁ」

国木田がシャケの切り身から丁寧《ていねい》に皮を剝《は》ぎ取りながら、ぼやんとした顔を向けてきた。あまりの自然な切り口に、俺は即座《そくざ》に合いの手を入れる。

「何だ」

「最近、佐々木さんと会った？」

口に入れていた梅干しをタネごと飲み込みそうになった。

「……なぜだ？」

まさか須藤の同窓会連絡網《れんらくもう》が国木田のところまで到達《とうたつ》したんじゃないだろうな。

「この前、というか四月の頭だけど」国木田は箸《はし》を休め、「学習塾《じゅく》がやってた全国模試を受けに行ったんだ。その会場で見かけた。会話はしなかったし、あっちが僕に気づいてたかどうかは怪《あや》しいね」

何で今頃《いまごろ》そんなことを思い出すんだ。新学期が始まって結構経《た》つのに。

「模試の結果が昨日送られてきたんだよ。順位が記載されているやつ。自分が何位にいるか名前を探してたら、自分より先に彼女の名を見つけたよ。さすがだね、総合で僕よりかなり上の点数を取ってた」

国木田は再び箸を動かしつつ、

「それで僕は思った。次は彼女より上位に行ってやろうってさ。目標の目安だよ。仮想ライバルだね。たぶん佐々木さんの順位はそう変動しないだろうから、この名前より上になれば自分の実力を測ることができる。キョンなら知ってるかもと思ったんだよ。佐々木さん、志望大学はどこなんだろ」

「知らん」

さっさとこの会話は終了《しゅうりょう》して流してしまうに限る。でないと、

「おう。そりゃ聞き捨てならねえな」

谷口がニヤニヤと、

「佐々木だあ？　それはあれか。キョンが中学でヨロシクやってたっていう例の女か」

ほらみろ、妙《みょう》に食い付きのいい野郎《やろう》がエサを針ごと飲み込んだだろうが。

俺が拒否権《きょひけん》を発動して無言教の宗徒と化し、弁当の続きに取りかかるのも何のその、谷口は好奇心《こうきしん》を丸出しにした猫《ねこ》のように身を乗り出して、

「どんな女だ、そいつは」

「可愛《かわい》らしい娘《こ》だよ。頭もいいしね。変と言えば変だったけど、そうだなぁ。あれは意識的に変な部分を演じているんじゃないかと思うな。うん、変わり者だった」

佐々木もお前を変わってると言ってた。お似合いだ。

「そうなの？　でも意味合いが違《ちが》うんじゃないかな。佐々木さんは自覚的だけど、僕はそうやって指摘《してき》されても自分じゃ解《わか》らない。でも、彼女は自分をよく解ってる。解った上で、自分を枠《わく》に当てはめているような気がしてたんだよ。その枠組《わくぐ》みの中から決してハミ出ないようにしてる感じがする」

確かに喋《しゃべ》り方からして四角四面としていたが。

「今でもそうなのかなとちょっと疑問に思ってね。だって、ほら、佐々木さんは有名進学校に進んだだろ？　あそこはほとんど男子のはずさ。自分を型にはめたままじゃあ、疲《つか》れやしないかと心配だよ」

特に心配そうでもなく言う国木田に、谷口がブロッコリーを口に放《ほう》り込み、

「そいつぁ俺の営業範囲外《はんいがい》だな。変な女はこりごりだ。涼宮といい、いや涼宮は最初から関係ないが、ほらよ、どうしてこう、俺は普通《ふつう》に可愛げのある女と無縁《むえん》なんだろうな。まあ二年になったことだし下級生狙《ねら》いに的を絞《しぼ》るのが得策のようなな、つってもなかなか接点がなー、この夏までには何とかしねーと」

なぜか途中《とちゅう》から早口になった谷口には好きなように何とでもしていればいいと言い捨てておくしかないが、佐々木とは昨日会ったばかりで、異常三羽ガラスを交えた奇怪《きかい》な会合を執《と》りおこなったばかりの俺は、途端《とたん》に食欲がなくなった。国木田と佐々木が意外な接点を持っていたのは偶然《ぐうぜん》に違いないが、こうもタイミン

グよく佐々木の名を聞かされると、虫の知らせのような非科学的予兆を感じないわけにはいかなくなる。まるで筋書きを書いた誰かが忘れるなと教えてくれているような、超《ちょう》不自然的な違和《いわ》感を覚える。

警告か？　昨日の感じでは佐々木はもとより、藤原や橘京子からも威圧《いあつ》も脅威《きょうい》も感じなかった。九曜もだ。あれはあれでそこはかとなく不気味だが、こっちにだって長門がいるし、喜緑さんまで出張ってらっしゃっていた。おかげで俺はやんわりと余裕《よゆう》をかませている。

考えてみろ、俺たちＳＯＳ団は何だかんだで一つにまとまっている。しかし、連中はそうでもないらしい。古泉ほど求心力のなさげな超能力者に、朝比奈さん（大）より自己中っぽい未来人、地球の礼儀《れいぎ》をまるで知らないであろう新参の宇宙人、この三者の結びつきは見たまんま全然弱そうだ。おまけに担《かつ》ぎ上げようとしている佐々木が協力的ではない。

向かうところ敵なし状態のハルヒに対抗《たいこう》するには役者が不足気味だろう。ちったあ根回ししてから来りゃいいものを、いかにも中途半端《ちゅうとはんぱ》すぎる。何考えてんだ？　橘京子のあんな説得で、俺が地盤《じばん》の緩《ゆる》い政治家みたいになびくとでも思ったんだとしたら、見くびられたもんだぜ。

たっぷり眠《ねむ》ったはずが寝《ね》すぎでかえって頭が重くなった朝のように、何かモヤモヤとしたものを抱《かか》えながら、俺は昼飯を咀嚼《そしゃく》する作業を再開した。

谷口の話題は新一年生の中にどれだけAAAランクがいるかどうかに移っていたが、差し当たって俺の興味からは外れている。どうせSOS団に入団希望者が来るなんてことにはなりやしないさ。涼宮ハルヒとSOS団の豪勇《ごうゆう》はすでに近隣《きんりん》地域の部外者にまで轟《とどろ》いているようだからな。佐々木によると。

その日の放課後、俺とハルヒはホームルームを終えた担任岡部が教卓《きょうたく》を降りるのと同時に席を立ち、とっとと教室を後にした。

いつものように部室に行くのかと思いきや、

「キョン、先に行っててくんない？　あたしはちょっと寄るところがあるから」

ハルヒは鞄《かばん》を肩掛《かたが》けすると、投擲《とうてき》されたカーリングの石よりも滑《すべ》らかな足取りで走り去った。

まさか谷口よりも目ざとくAAAランクプラスの一年生を発見していて、また拉致《らち》しに行ったのではあるまいなと考えながら、それならそれで仕方がない、またハルヒの好きにさせるさ、と達観して早幾年《いくとせ》。のんびり部室棟《とう》に向かうことにする。

運動部に入った一年生は早々に部活動を始めているようで、去年まで旧三年生の学年カラーだった色のジャージ姿がグラウンドに見えたり、渡《わた》り廊下《ろうか》ですれ違ったりするのが新鮮《しんせん》だ。フレッシュというにはありきたりに過ぎるが、他《ほか》に表現しようもないね。

文芸部にも来てたら長門も少しくらい先輩面《せんぱいづら》できていいのだが。おそらく年間三百冊くらい読んでる地球産書物大好き宇宙人インターフェイスだ。たとえ後輩《こうはい》ができたとしても日常的に透明《とうめい》バリアを張っている長門が喜ぶとも思えんが、一人で黙々《もくもく》と読む本を探し続けるより、読書感想仲間が増えたなら購入《こうにゅう》した本の貸し借りができて便利だろう。読了《どくりょう》した本に関して意見交換《こうかん》するスキルは俺になく、そういや本を借りても貸したことはないな。なんかの記念日に図書カードでも送ったほうがいいか。

俺は毎度おなじみ、ノックと室内からの返答の有無確認《かくにん》を怠《おこた》らない。無音のみの反応。部室のドアを開けた俺は、そこに無人の空間を見いだした。一番乗りとは珍《めずら》しい。

鞄をテーブルに放り出し、パイプ椅子《いす》に座り込む。一抹《いちまつ》のうら寂《さび》しさを感じつつ、はて何でそんなもんを感じるのかと考えて、ハタと気づいた。

そうか。まるで常駐《じょうちゅう》しているのかと思えるくらい、いつ見てもここにいた長門の姿がないせいだ。

ま、あいつだって掃除《そうじ》当番やホームルームが長引くことだってあるだろうしな。あるいはコンピ研に出張か。

他の四人を待つ間、俺はテーブルに置きっぱなしになっていた長門の読みかけらしきハードカバーを取り上げ、適当に開いたページの文章を目で追った。帰るところを永久に探している装置がどうとやらという物語のようだった。

## α—6

硬直《こうちょく》すること数秒、のち、ハルヒが発令したのはまず室内にいた朝比奈さんと長門を除く全員を廊下に追いやることだった。理由は簡単、

「みくるちゃん、とりあえず着替《きが》えてちょうだい。もち、メイド服ね。チャイナは……たぶん、なんとなく悔《くや》しいけどサイズが合わないわ。残念だけど。いいわ、そのうち用意したげるから我慢《がまん》してね」

「ええっ。今からですか？」

朝比奈さんはセーラー服の肩《かた》を抱《だ》きしめてオドオドとしたものの、男女混交の一年生の群れが実直なまでの素直《すなお》さで部室を出る様を目《ま》の当たりにして、

「はあ……」

セキセイインコのように首を傾《かし》げる。すかさずハルヒがちっちっと指を振《ふ》った。

「みくるちゃん、あなたはSOS団の何？　もうとっくに解《わか》ってると思うんだけど。念のため言ってみなさい」

「えーと、えと。あたしは……？　え？　何でしたっけ……？」

自信なさげにハルヒを上目づかいで見る朝比奈さんに対し、己《おのれ》を信心することに至ってはトチ狂《くる》った新興宗教教祖を超《こ》えるであろう傲岸不遜《ごうがんふそん》かつ罰当《ばちあ》たりな団長は、小動物のような三年生の鼻先に指を突《つ》きつけて声高らか、

「マスコットよマスコット。みくるちゃんは萌《も》えキャラじゃないと話になんないの。もちろん、それだけじゃないけどね。でも根底にあるのはいわゆる萌え要素なのよ。こういうのはバシッとキメておかないと屋台骨が揺《ゆ》らいじゃうわけ。だから仮入部受付のときもそうだったでしょ？　解りやすいシンボルとして、あなたはここではメイドじゃなくちゃいけないわ。でないと、新入団員候補たちだって戸惑《とまど》うもんね。ファーストインプレッションが肝心《かんじん》なの。うふん、あたしのお墨付《すみつ》きよ。みくるちゃんには天性の才能がある。あなたは自信を持ってメイドキャラを体現しなさい。いいわね」

ハルヒは俺たちに何か企《たくら》んでいることが明白な笑《え》みを見せ、

「ちょっと待っててよね。そいつら、帰しちゃダメよ。これからSOS団説明会をするから。逃亡《とうぼう》を図《はか》る者は遠慮《えんりょ》しなくていいわ、麻酔《ますい》を打ってから捕縛《ほばく》しなさい」

と言って、ドアを閉じた。

遮蔽壁《しゃへいへき》となった扉《とびら》の向こうから、生々しい衣擦《きぬず》れの音と「わひゃあ、いふぅ？涼宮さ……くすぐっ……ひゃあふぁひ」などという朝比奈さんの泣き笑いのような刺激《しげき》的音声が漏《も》れ聞こえるばかりであり、俺と古泉はすべきことなど見あたらず、廊下に突っ立って勢揃《せいぞろ》いしている一年坊《ぼう》たちを眺《なが》める作業に従事した。

いまのうちに遁走《とんそう》すればいいものを、十名あまりの一年生たちは好奇《こうき》と期待の眼差《まなざ》しを一様に輝《かがや》かせ、ハルヒの言いつけ通り散会しようとしない。数えてみると十一人いた。男が七人、女が四人の編成で、緑色のラインが入った上履《うわば》きの真新しさが、彼等彼女たちが高校生になってまだ一月足らずであることを証明している。

何か言っておいたほうがいいのだろうか。こう、人生の先達として忠告めいたことをだ。

古泉をうかがうと、副団長なる完全名誉職《めいよ》にある優男《やさおとこ》は、日常系の微笑《びしょう》を取り繕《つくろ》って泰然《たいぜん》たる構えでいやがる。やたら余裕《よゆう》の色を放射する目の色と弛緩《しかん》した表情から察するに、この中に古泉の手の者が草として入り込んでいる様子はないようだ。どこの学校の部活動にもよくある光景、入部希望者の部室見学といった行事の一環《いっかん》ということか。SOS団は許認可《きょにんか》団体でもまともな部活動でもないが、こいつら、ちゃんと解ってんのか？

「それ以外にないでしょう」

古泉は俺の耳元で囁《ささや》いた。

「僕の知る限りにおきまして、ここにおられる若人《わこうど》の方々に二心はありませんよ。いずれも虚心《きょしん》から団員としてSOS団に加わりたいと考えていることは明白です。少なくとも超《ちょう》能力者や宇宙人やタイムリーパーは交じっていません」

言い切るからには根拠《こんきょ》があるんだろうな。橘京子や未来人野郎《やろう》や周防九曜とやらが出現したってのに、そいつらのお仲間が北高に潜入《せんにゅう》してSOS団に食い込もうとしていても不思議じゃないぞ。

「全新入生の身元調査をしましたから」

古泉はあっけらかんと、

「ましてや橘京子の一派が来ることはありえません。我々『機関』が目を光らせていますからね。また、九曜さん側のインターフェイスがいたら、長門さんが無反応ではいないでしょう。未来人が交じっているのなら逆に好都合です。引っ捕《と》らえて真意を聞き出しますよ。ですが、残念ながらと申しますか、ここに揃《そろ》っている方々の中に未来人疑惑《ぎわく》のある人物はゼロです」

愉快《ゆかい》そうな目の微笑《ほほえ》みはそのままに、古泉は十余名の生徒たちをさっと視線で一撫《ひとな》でし、

「当座の問題となる者はいない。何らかの問題が残るとしたら——」

さらに声をひそめた古泉のウィスパーボイスは俺にしか聞き取れないだろう。

「涼宮さんが団員として認める人間のみに発生します。全員を無根拠で僕たちの仲間に加えようとするはずはありませんから、誰を選ぶか、どのように選ぶかが問題なのです。一人でも残れば御《おん》の字でしょう。純粋《じゅんすい》に僕たちと遊びたいと志す鋭気《えいき》ある一年生たち、一般《いっぱん》的な人間である彼等には気の毒でありますがね」

自ら進んでライオンの檻《おり》に飛び込もうとする素人《しろうと》がいたら一応止めてはやるが、たとえ間に合わなかったとしても俺は知らんぞ。

ちらりと目線を動かして観察したところ、一ダース足らずの一年生たちはその見かけ上、何ら特殊《とくしゅ》なところはなかった。至って普通《ふつう》に幼く見えるのは、先月まで中学生だったんだよなというバイアスがかかっているせいかな。照れ隠《かく》しのようにニヤついているヤツもいれば、こそこそクスクスと耳打ちし合っている女子二人連れもいて、特に女連中の視線が俺と古泉を品定めしているような気配がするのは、これも俺の意識せざるコンプレックスが思わせているか？

俺が黙然《もくぜん》として立っていると、

「へいお待ち！」

熱風を錯覚《さっかく》させるほどの勢いで扉が開き、ハルヒがおいでおいでと手を振った。

「みんな、入っていいわよ。それからキョン、椅子《いす》が足りないから人数分、どっかから借りてきてちょうだい。コンピ研とか他《ほか》の部室回ればそんくらいあるでしょ」

とことん俺を雑用係にしておきたいらしい。

「なによ、ボサっとしていないで、さっさと行く！　そっちの一年生たちは部室にどうぞ！　いいからいいから。ほら、早く！」

テキパキと抽象《ちゆうしよう》的な指示をするハルヒだった。

「僕も手伝いますよ。十人分の椅子運びは一往復では不足でしょう」

古泉が壁面《へきめん》から背を浮《う》かせ、俺は仕方なくハルヒにうなずいて、素早《すばや》く室内に目を飛ばした。

テーブルの側《そば》に朝比奈さんがメイド姿で立っている。部室の住人の男女比が一時的に逆転する事態を受けてのことだろう、人見知りする良家のお嬢《じよう》さんのようにやや照れモードになったお顔で、肩《かた》を狭《せば》めておられる。一方、長門は自身の位置情報と運動エネルギーを何一つ変化させていなかった。

部室棟《とう》のドアを叩《たた》きまくって何とか定員ぶんのパイプ椅子を確保した俺と古泉が戻《もど》ってきたとき、一年生たちはまるで検分でもされているかのような横列を形成していた。

ハルヒは団長席でふんぞり返り、長門は定位置、朝比奈さんは所在なさそうにポツンと立って、俺の顔を見るや、明確に安堵《あんど》の表情を浮かべる。普段《ふだん》人口密度の低い文芸部室に通常の三倍以上の人員が詰《つ》め込まれているわけで、一見しただけで不自然だ。朝比奈さんでなくとも不安になるさ。

俺が古泉とともにパイプ椅子をテーブル周りに配置し、直立を続ける一年生どもに気《き》の利いたセリフを言ってやろうとした瞬間《しゅんかん》、

「全員、着席。座ってちょうだい」

団長が横取りしやがった。

十余名の一年生は互《たが》いに一番槍《いちばんやり》を譲《ゆず》り合っていたが、やがて誰からともなく任意の席に着いたのを見届けて、古泉は壁際《かべぎわ》に椅子を移動させて席を作り、試験監《かん》督官《とくかん》手伝いのような顔をして座り込む。じゃあ俺もそうするかと思ったところで、手元に腰《こし》を落ち着けるべきパイプ椅子がないことに気づいた。

「あれ？」

元々部室にあったパイプ椅子は団員分プラスお客さん用のものが一つ。この度《たび》借り受けてきた椅子が十個なので、入団志望の一年生の数を足してちょうどのはずだった。何で足りなくなるんだ？

俺はもう一度頭数を目算した。

一年生は合計で……ん？　十二人？　数え間違《まちが》えたか。廊下《ろうか》にいたときは十一人だと思ったんだが、男が七人で、女が……五人。じっくり眺《なが》めても誰を見落としていたのか判断を下せなかった。全員いたような気もするし、反面、誰がいなくなっていたとしても気づきそうにない。確かなのは、俺に瞬間映像記憶《きおく》能力がないってことだ。

やむを得ず俺が突《つ》っ立ったままでいると、朝比奈さんが慌《あわ》てだした。

「あっあっ。お湯飲みが足りません。あの……お茶……。淹《い》れようと思うんですけど……どうしよう……」

学食まで行ってプラ製のやつをパクってきてもいいが、そもそも部活見学に来た新入生にお茶を振《ふ》る舞《ま》おうとする行為《こうい》は是《ぜ》か非かと思案に暮れていると、

「戸棚《とだな》の中に紙コップがあるから、それでいいわ」

ハルヒが結論を出し、朝比奈さんはいそいそとパックされた紙コップの束を取り出して、またもや慌てたように、

「ああっ。ごめんなさい。お水が足りません。汲《く》んで来なきゃ……」

「キョン、水。超《ちょう》特急で」

ハルヒ様の有り難いお言葉をたまわり、せいぜい渋面《じゅうめん》を作って水飲み場にヤカンを両手に走る俺だった。

ぜいぜい言いつつ帰還《きかん》した俺にかけられたのは、朝比奈さんの申し訳なさそうな中にも嬉《うれ》しさを感じさせる、「ありがとう、キョンくん」というねぎらいのセリフのみだったが充分《じゅうぶん》だ。

さっそくヤカンをコンロにかける朝比奈さんのメイド姿を、いつしかダース単位の一年生の目がまじまじと追っていた。

ハルヒが自慢《じまん》げに、

「このとおりよ。我が団には優秀《ゆうしゅう》な使いっぱとメイドが在籍《ざいせき》しています。全国を見渡《みわた》すがいいわ。かわゆいメイドさんが無料でお茶淹れてくれる団は世界に一つ、ここだけよ」

「え、あ。はい……」と面《おも》はゆそうな朝比奈さん。

「おおー」と一年生たち。

キミたちはバカか。そこは感心するところじゃない。第一、好きこのんで来るとこじゃねーぞ、ここは。

「そしてね」ハルヒは偉《えら》そぶった万乗《ばんじょう》なる笑顔《えがお》で、「みくるちゃんのお茶くみ技術は日進月歩なの。この前飲んだ団茶ってやつが変な味して面白かったわ。名前も気に入ったし」

「あぁ、あれは……そうなんです。野心作だったんです。よかったぁ」と褒《ほ》められた忠犬のように喜々とする朝比奈さん。

「おおー」と一年生たち。

いや、だから、おーじゃないって。即座《そくざ》に回れ右するところだ。なぜならそのナントカ茶とやらは薬みたいな風味の、なんというか、朝比奈さん補正がかかっているのに心苦しくも高得点を差し上げられない一品で、一気のみを作法とするハルヒ以外にはお薦《すす》めできない。バツゲームに使えるぞ。

朝比奈さんがうきうきとお茶の準備をする間、長門は我関せずとばかりに隅《すみ》に引っ込んで読書を続け、古泉は完全にオブザーバーを決め込んでいる。俺は番人よろしく部室扉《とびら》によりかかりながら、ハルヒの演説を聞くはめになった。

「さて、みなさん。我がSOS団に入団を志すなんて見上げた根性《こんじょう》だわ。生徒会にうるさいのがいるせいでロクに宣伝できなかったけど、解《わか》ってた。性根のすわった一年が絶対いるに違《ちが》いないってね。うん、そう。自発的に来ることが大切なのよ。正直言って、見回ってみたんだけど一年生なんてどれも同じに見えんのよね。でも！　あなたたちは今ここにいない一年生より優秀なのよ。そこは自信満々でいていいわ。あたしが保証してあげる。ただし、それだけじゃダメなわけ。このあたしの団は、そんじょそこらの部活とは一線を画する存在だから、団員もそれなりに画してないとね。ところで！　あなたたちSOS団が何をするところなのか、ちゃんと理解した上でここに来たのよねぇ？」

そんな疑問形で言われても困るだろうね。俺だっていまいち解りかねているからな。

「何か聞きたいことある？」と畳《たた》みかけるハルヒ。

案の定と言うべきだろう。一年生のうち、背の高い短髪《たんぱつ》の男子が挙手した。

「質問なんすけど」

「言ってごらんなさい」

「何するところか知らないんすよ。面白そうだと思って来ました。変な部があるって中学で噂《うわさ》になってて、いざ北高に来たら本当にあったんでついつい。動機っていうのも変すけど、こんなんでもいいんですかね？」

ハルヒはすっくと立ち上がり、その男子生徒に慈愛《じあい》の微笑《びしょう》を見せつけながら歩み寄って、

「はい、あんたはここまで」

「へ？」

啞然《あぜん》とする少年の襟首《えりくび》をつかむと、小型クレーンのような力で引きずって行き、ドアを開けて廊下《ろうか》にリリースした。

「残念だけど入団試験第一段階で不合格。ご苦労だったわ。実力を磨《みが》いてからまた来てちょうだい」

哀《あわ》れな一年男子の鼻先でドアを閉め、振り返ったハルヒは、

「ちっちっ。あたしをナメちゃだめよ。あたしはね！　ＳＯＳ団団長として世界を盛り上げる義務を背負ってんの。それ以外のことを全然考えていないと言っても華厳《けごん》の滝登《たきのぼ》りではないわ。だから新入団員にだって妥協《だきょう》は許すまじと思うワケよ。こういうのは年々進化してないとすぐに腐敗《ふはい》しちゃうんだから」

キョトンとしているのは朝比奈さんのみならず、俺と一年生の全員だ。いったいいつから入団試験が始まっていたんだ？　運の悪い一年坊《ぼう》がいたもんだ。紙コップものとは言え、朝比奈さんのお茶を飲む間もなく放逐《ほうちく》されるとは。

「言っとくけど、あたしは笑いには厳しいからね。まずシモネタとモノマネは問答無用で却下《きゃっか》。とにかく何か極端《きょくたん》なことして笑いを取ろうとするのは全部ダメ。トークで勝負しなさい、フリートークで。思うんだけどね、そもそも人が笑う仕組みというのは――」

どうしてこんなところでハルヒのお笑い論を聞かされにゃならん。

「ハルヒ」

副団長以下の団員はこういうときに何の役にも立たないため、消去法で俺が言うことになる。

「今のやり取りはなんだ。さっきのヤツがちょっと気の毒だろう。入団試験ってのはどういう仕組みだ。お前の気に入らんセリフを吐《は》いたらその場で脱落《だつらく》なのか」

「そこまで自分勝手じゃないわよ。あたしは意気込みが聞きたかったの。質問に対して答えるのは簡単よ。難易度に合わせて頭を働かせればいいんだからね。レベルが問われるのは質問を作るほうなの」

「すると何か、さっきの」と俺は親指で部室扉を示し、「ああいう質問はレベルが低いって言いたいのか」

「率直に言うとそういうこと」

ハルヒは何食わぬ顔で団長席に戻《もど》り、あくまで優《やさ》しい上級生姉さんのような笑《え》顔《がお》で一人減った一年生たちを睥睨《へいげい》して言った。

「で、何か質問ある？」

誰も口を開かなかったのは、言うまでもない。

朝比奈さんの淹《い》れたお茶が全員に行き渡《わた》った頃《ころ》になっても、すっかり萎縮《いしゅく》したのか一年生たちは早くも居心地を悪そうにして黙《だま》って座り込んでいた。

喋《しゃべ》っているのはハルヒのみで、ＳＯＳ団結成以来の歴史を、まるで真田十勇士《さなだじゅうゆうし》の戦いぶりを伝える講談師のように語っている。かなりの誇張《こちょう》が含《ふく》まれているため、話半分で聞いておくように。

俺は欠員が出たおかげで空いたパイプ椅子《いす》を引き寄せ、古泉の隣《となり》に落ち着く。物言わぬ副団長は、微苦笑《びくしょう》をたたえて計十一人――やっぱり十一人か――の一年生を品定めしている様子である。俺もそうしてみよう。なんせハルヒは自己紹《しょう》介《かい》の必要なしと思っているようで、誰の名前もクラスも出身中学も訊《き》こうとしない。せめて容姿からあだ名でもつけといてやるかと眺《なが》めていると、そのうちの一人が目に留まった。

何もやましい気持ち一つないととりあえずイイワケしておくが、それは女子生徒だ。

ハルヒの独演に耳を傾《かたむ》ける一年生の中で、その娘《むすめ》だけが余裕《よゆう》の感じられる表情でいる。

野球大会の連続ホームランに小さく歓声《かんせい》を上げ、孤島《ことう》の殺人劇で口を覆《おお》い、解決《けっ》編で笑顔になり、コンピ研との大げさなゲーム対決に何度もうなずき、自分のことのようにベタ褒《ぼ》めする阪中家のペット話にまた微笑む。

やたら素直《すなお》な反応を見せる一年生である。

頭の位置から計算して、背丈《せたけ》は長門くらい、体重は長門より軽いだろう。髪質《かみ》はパーマの後ブローしなかったような癖毛《くせげ》気味、スマイルマークみたいな髪留めを斜《なな》めにつけているのが特徴《とくちょう》と言えば特徴的な記号で、制服のサイズが合っていないのか、どことなくブカブカとした着こなしなのがよく見ると解《わか》るようになっている。ちっともこなれていないが。

そして俺は、見れば見るほど、どこかでこの少女を見たことがあるような気がしてならないのだった。しかし、同時に絶対に出会ったことなんかないという確信も持っていた。俺の一年下にこの女子生徒はおろか、似たような人間が存在した歴史はない。頭の中でモンタージュをやり直し、その娘《こ》の髪をストレートにしたり長くしたり短くしたりしても、やっぱり思い当たらない。誰かの妹で兄貴の面影《おもかげ》が見えんのか。それにしてはその兄貴にも思い当たるふしがなく、熱々のおでんの具が喉《のど》に引っかかっているようなもどかしさを感じる。

俺の視線はかなり不躾《ぶしつけ》なものだったろうが、その娘は気づかず、熱心にハルヒの独演会を聴取《ちょうしゅ》していた。表情がコロコロ変わるのが見てて面白《おもしろ》い。どんな嘘《うそ》っぱちでも信じそうな、話し手にとって嬉《うれ》しい聞き手の見本のような少女だった。

「――というわけ。こうしてSOS団は生徒会長の悪辣《あくらつ》な計画を打ち破り、文芸部存続の道を守り通したの。きっとまた奴等《やつら》は特撮《とくさつ》ヒーローの悪役みたいに懲《こ》りるということを知らず汚《きたな》い手を伸《の》ばしてくるでしょうけど、先に最終回を迎《むか》えるのは奴等のほうよ。SOS団とあたしが道半ばにして倒《たお》れることはあり得ないわ。これまでも、そして、そう！　これからも！」

それが〆の言葉だったらしく、ハルヒは片手を突《つ》き上げたまま、しばらくじっとしていた。

俺がすっかりヌルくなった湯飲みをどこに置こうかと場所を探していると、ハルヒは何やら奇《き》っ怪《かい》な視線を俺に送り始め、あげくの果てにしきりに瞬《まばた》きしてくる。その顎《あご》をくいくいさせるのは何のブロックサインだ？

俺とハルヒが不可解なるアイコンタクトの応酬《おうしゅう》に明けくれていたところ、小さな拍手《はくしゅ》が耳に届いた。小型と言っていい手のひらが打ち出す音量は控《ひか》えめで、その手の主は俺が気になっていた一年女子だった。

パチパチと手を叩《たた》く少女につられたか、他《ほか》の一年生たちも我に返ったようにシッティングオベーションを始め、左右を見回した朝比奈さんも慌《あわ》ててそれに続いた。ハルヒは満足そうにうなずくついでに、俺に非難の目を向ける。仕込みをしていなかったお前が悪い。そういうことは事前に打ち合わせておけ。

ハルヒはさっと手を振《ふ》って拍手を掻《か》き消し、

「まあ、そういうこと。これでSOS団についての総論は頭に入ったでしょ。本当なら入団試験第二弾《だいにだん》といきたいけど、あなたたちにも準備があるでしょうから今日はここまで！　やる気のある人だけ明日も来なさい。以上！」

そう告げるハルヒの腕章《わんしょう》が「団長」ではなく「試験官」になっているのに初めて気づいた。

「じゃっ解散っ！」

一年生たちが足早に立ち去った後、ハルヒは鼻歌を奏《かな》でながらパソコンを起動し、上機嫌《じょうきげん》オーラを立ち上らせつつマウスを鳴らしていた。

俺は古泉と手分けして貸与《たいよ》されていたパイプ椅子を返しに行ってて、だからハルヒに声をかけたのはハルヒのパソコン操作が軌道《きどう》に乗っていたあたりか。

「どういうつもりだ」

俺印の入った馴染《なじ》みの椅子を広げつつ、俺はハルヒのリズミカルに揺《ゆ》れるカチューシャ頭に問いを発した。

ちら、とこちらを見上げたハルヒがしてやったりと言いたげな顔でいるのが気に障《さわ》る。

「団員希望の一年生が一念発起《ほっき》して来たって言うんだ。なのに、お前の態度は入団を促進《そくしん》させる効果を何一つ伴《ともな》ってなかったぜ。連中、二度と来ないかもしれん」

「かもね」

ハルヒは軽快にブラインドタッチしつつ、

「そうなったらなったでいいわ。こんなことくらいでめげる団員をあたしは所望《しょもう》していないから。気合いのあるヤツだけ集まればいいの。捨て鉢《ばち》な気合いを持ってるだけでもダメだけどね。あたしが作った入団試験、そのことごとくに合格するような一年以外は願い下げよ。ハードル競走の道は長くて、障害物は高いのよ。冷やかしで来るような凡人《ぼんじん》を求めるほどSOS団は人材に困ってなんかないんだからね」

学内での存在意義がゼロであるからして、当初から人材に困窮《こんきゅう》しているという事実は発見されないのだが、生徒会としても一年生の中から新たな神前供物《くもつ》的な生け贄《にえ》を出したくはなかろうさ。この部屋が大所帯になるのは俺だって快く遠慮《えんりょ》したい状況《じょうきょう》だ。朝比奈さんのお茶は無限に出てきたりはしないんだからな。ヤカンとポットの総動員は相当の手間だぜ。

「なあ、本気で新入部員を取るつもりなのか」

俺は朝比奈さんの新茶を手に一息つくハルヒに、

「長門や朝比奈さん、それに古泉はお前が無理矢理巻き込んだようなもんだ。そいでだ、お前、この高校に入ってきたばかりの一年生の中に、お前がかつてそうしたようにしたいと思った生徒はいたのか？」

休み時間の校内対策は今も実施《じっし》中のはずだ。教室にいることが稀《まれ》だからな。

「さっぱりいなかったわ」

ハルヒは断定的に答え、

「少なくともマスコットキャラに相応《ふさわ》しいのは見あたんなかったわね。でも、もっと違《ちが》う属性の持ち主がいるんじゃないかと思ってんの。それもあたしが全然思いつかなかったような、とびきり新しいステージのやつよ。どっかにいそうなのじゃないまったく新種のオリジナルな個性の持ち主。だいたいさ、そこらに転がってるのばっかじゃちっとも面白《おもしろ》くないでしょ？　決まった方向性のばっかりだとなんか色々かぶるじゃない。眼鏡《めがね》っ娘《こ》の図書委員はおとなしくて、髪《かみ》の短いボーイッシュなのは運動部だったりとか、そういうのじゃあさ」

別にいいだろうが。ヘタに変な性質を持たせて人格破綻者《はたんしゃ》になるよりマシだ。俺なら何だって歓迎《かんげい》だぜ。

「そんなのね、あたしには全然なの。バリエーションの組み合わせは無限近くあるけど、そんな組み合わせ以前に少しは考えることがあるでしょ。これはもう、人間の想像力が歴史とともにどんどん劣化《れっか》しているという証拠《しょうこ》みたいなものよ」

そんなものお前が憂《うれ》える義理などなかろう。朝比奈さんを最初に連れてきたお前の口が吐《は》き出すセリフとは思えん。

「みくるちゃんはオンリーワンな人材だったじゃないの。だからいいの」

それにだ、言っても人類はこれまでなんとかやってきたんだ。これからだってどうにかするさ。変に想像力を飛躍《ひやく》させて地球を吹《ふ》き飛ばすより全然いい。

ハルヒは湯飲みの端《はし》を齧《かじ》り割るように歯を立てて、

「もっと斬新《ざんしん》かつ奇抜《きばつ》な人々を求めたいの！　あたしと考え方が真逆な、新しい息吹《いぶき》を吹き込んでくれるような一年生がいいわね。それを正しく調べるために、入団試験を実施するってわけ。たぶん消去法になるでしょうね。でなければ、会った瞬間《しゅんかん》にあたしはそいつが特殊《とくしゅ》な精神構造を持ってる人だって解《わか》るもの」

湯飲みを置いたハルヒは、マウスに手を戻《もど》して、

「今作ってるのが入団試験問題の筆記試験なの。昨日の夜も家でこれやってたんだからね。団長の業務は多忙《たぼう》を極《きわ》めるのよ。あんたが小テストの勉強もせずにダラダラしている間、あたしは必ず来たるべき未来に向かって邁進《まいしん》してたのっ。キ

ョン、昔の人はいいことを言ったわ。人のふり見て我がふりを見返すべきよ。下を見るんじゃなくて手の届かないくらいの高みを見上げるわけ。自分もあそこまで行こうっていう心構えを持たないと人間は堕落《だらく》する一方なんだからね！」

ありきたりな説教なら馬の耳元で言ってやれ。それに太陽に近づきすぎたイカロスはその行為《こうい》によって墜死《ついし》したんだぜ。何事もほどほどがベストだと俺は思うね。腹八分目というか。

俺の空になった湯飲みに、朝比奈さんが目ざとく気づき、急須《きゅうす》を持って駆《か》けつけてくれた。

この阿吽《あうん》の呼吸《こきゅう》でメイドになりきっている朝比奈さんだが、喫茶店《きっさてん》でバイトでもしたらたちまち時給が青天井《あおてんじょう》になると思う気持ちを抑《おさ》えきれない。そういや、この人は現代の活動資金をどうやって得ているのかね。やはり未来人手当が出ているのか。

人口が減ったおかげで、部室は元の有様を取り戻し、これでようやくくつろげる。何があっても自分の読書スタンスを崩《くず》さない長門とお祭り騒《さわ》ぎを一つ終えたハルヒ以外のメンツは、どことなく緩《ゆる》んだ空気の中、普段《ふだん》のポジションについていた。

向かいに座っていた古泉が、またもや新種のゲームをテーブルに置いて、

「どうです、一勝負」

連珠《れんじゅ》とかいう古典ゲームらしい。どうせここにいてもヒマだ。頭の体操代わりに付き合ってやってもいいぜ。その前にルールを教えろ。

「五目並べのようなものです。覚えたら簡単ですよ」

俺は古泉の言うままに盤上《ばんじょう》に石を置きながら、実地でだいたいの遊び方を教わった。

そのまま下校時間になるまで打ち続けたところ、たちまち俺は古泉に連戦連勝するようになる。俺の物覚えとコツをつかむセンスがいいのか、単に古泉がどヘタなのか、ともあれ勉学には何の影響《えいきょう》もなさそうな暇《ひま》つぶしをすることしきりの状態が続いたが、夕暮れとなって長門が本を閉じたことで、それをすべての終わりの合図とする習わしを持っているSOS団はこれにて業務終了《しゅうりょう》、俺たちは三々五々に立ち上がり、朝比奈さんの着替《きが》えを待って学校を退去した。

明日、何人の一年生が二度目のノックをこの部室扉《とびら》にすることになるだろうね。

## β―6

部室にはなかなか誰も来なかった。ハルヒがどっか行っちまったのはいいとして、長門がここまで遅《おく》れるのはめったにないことだ。コンピ研に顔でも出してんのかね。古泉はあれで特進コースだから、二年になって色々やらんといかんことも多くなっているだろう。面倒《めんどう》なクラスに入ったもんだ。九組の担任は教育というより生徒の学力向上に熱意を傾《かたむ》けるタイプという噂《うわさ》が俺の耳にも入っていた。古泉もちゃんとした進学を考えているらしい。でないと、そんな息の詰《つ》まりそうなクラスに転入するはずもないだろうからな。『機関』の裁量でどこでも好きな大学に入れるだろうに、まあハルヒの行く先があいつの進路でもあろう。俺はといえば、そんな先のことは文字通り先送りするがままに任せている。一年半後くらいの俺なら自分の限界を解っているだろうさ。まともに受験したなら、俺が古泉と最高学府を同じくする確率など蟻《あり》の一穴より小さく低いものになるだろう。ハルヒのことは——さあ、俺の知ったことではない。どこにでも自分の能力を活《い》かせるところに行ってくれ。

俺が長門の本を読むともなしに読んでいると、やっと殺風景な部室を一気にパステル調に染め上げるような方がいらした。

「あ。キョンくん」

歩くマイナスイオン発生器、朝比奈さんは丁寧《ていねい》に扉を閉めると、巣穴に戻ったシマリスが拾ってきたクルミを置くように鞄《かばん》を下ろし、

「ちょっと遅れちゃったと思ったのに、他《ほか》に誰もいないなんて珍《めずら》しいですね。涼宮さんは？」

「授業が終わるなりどっかにすっ飛んでいきましたよ。春先ですしね。むやみに走りたくでもなったんじゃないでしょうか」

冬の間にエネルギーを蓄《たくわ》えていた花みたいに。あるいはサザンカの種のごとく。走り回りたくなる気分も解《わか》るっちゃ解るね。今年の冬は体感でちと長かった。

俺は朝比奈さんの着替えが速《すみ》やかにおこなわれるよう、部室から退去しようと立ち上がり、歩きかけたところで振《ふ》り向いた。

「朝比奈さん」

「はい？」

ハンガーにかかったメイド服に手をかけ、不思議そうな顔で見つめてくる朝比奈さんの瞳《ひとみ》は、どこまでも純正だ。この瞳の透明《とうめい》度を濁《にご》らせることはしたくなかったが、気がかりなものは気がかりで、二人のみという状況《じょうきょう》はけっこう希少であり、だから俺は尋《たず》ねた。

「二月に会った、あの未来人のことですが」

俺の声色《こわいろ》で何かをつかめたのか、朝比奈さんは衣装《いしょう》から指を離《はな》して、

「ええ、覚えています」

真面目《まじめ》な表情を作る。俺は言葉を選びつつ、

「あいつが企《たくら》んでることって何ですか？　過去に来ている目的というか。ハルヒの観察ってわけでもないらしいって感じなんですが、俺にはどうにも解らない」

言いながら悩《なや》ましさを覚えてきた。ここで藤原なる未来人がまた来ていることを教えてもいいものだろうか。藤原と名乗ったことや、佐々木のこともだ。どっちが既定《きてい》事項なんだ？　言うべきか言わざるべきか。

「えーっと」

朝比奈さんは唇《くちびる》に指を当て、

「あの人の目的は……そのぅ、あたしには教えられていません。ええと、でも、悪いことをするために来たんじゃないと思います。これはあたしの考えたことだけど、何も指令が来ないのはそのせいだと思うんです」

実に言いにくそうだった。おそらく禁則事項《じこう》に触《ふ》れないようにしているからだろうな。

俺は朝比奈さん（大）の横顔を思い出しながら、

「あいつはここ……俺たちの時代と地続きの未来から来たんですか？」

俺が一番気にしているのがそれだった。

「続いているのは間違《まちが》いないです」

朝比奈さんは考えをまとめながら話すように、

「あの人もあたしと同じ……その、仕組みでこの時代に来ています。TPDDによる時間移動は……そうですね、時間平面に痕跡《こんせき》を残すので……」

そこでハッと顔を上げ、

「あれ……？　このことって、禁則のはずなのに……言えちゃいました。どうして？」

俺が訊《き》きたいが、どことなく解る気分だ。

「朝比奈さん、TPDDが何の略称《りゃくしょう》か言えます？」

「タイムプレーンデストロイドデバイス……え？」

うっかり口にした唇を押さえ、朝比奈さんは目を見開いた。

「うそ……。禁則なのに」

俺がすでに知っている言葉だった。四年前の七夕の日、朝比奈さん（大）に聞いたからな。きっとその時点でNGワードではなくなったんだろう。

「ずいぶん物騒《ぶっそう》な単語が交じってますが、どういう意味なんですか」

「それは……あたしたちが時間平面を超《こ》えて時を渡《わた》るには、」

朝比奈さんが口をパクパクとさせるのを何の魚の真似《まね》だろうと思っていると、

「……ダメです。言うことができません。禁則が全解除されたわけじゃないみたい」

むしろ安心したような声だった。俺も同じ感想を持つね。人知を超越《ちょうえつ》した知識を持ちすぎるとロクな目にあいそうにない。うっかり小耳に挟《はさ》んだことが国家を揺《ゆ》るがす重要機密だったりしたら、たいていそんなヤツは口を封《ふう》じられるなり追われることになるのが一般《いっぱん》的なセオリーだからな。

俺が肩《かた》をすくめて見せると、朝比奈さんは小さく笑《え》みを浮《う》かべた。

「ごめんなさい、キョンくん。今のあたしに言えるのはこれだけ。だけど、そのうちもっと話せるようになってみせます。禁則が少しでも外れたのは、これまであたしでも何かができたっていう証拠《しょうこ》だもの」

うまく咲《さ》くことのできたタンポポのような笑みで、朝比奈さんは繰《く》り返す。

「きっと。そのうち」

思わず内鍵《うちかぎ》をかけて独《ひと》り占《じ》めしたくなる笑顔だ。誰かこの様子を写真に撮《と》ってくれないだろうか。この時間だけ切り取って永遠に残しておきたくなる。

だが俺は、カメラを用意したり施錠《せじょう》したりドアにつっかえ棒を嚙《か》ませるかわりに、無言で微笑《ほほえ》みだけを返した。

信じますよ、朝比奈さん。あなたの努力が報《むく》われることを俺は知っている。どんな努力をしたらこんな成長するのかってくらい育つこともね。今目の前にいる朝比奈さんが、朝比奈さん（大）として花開くまで何年かかるかは知らない。個人的にはあまり成長を急ぎすぎないで欲しいのだが。

この年下のように見える上級生が朝比奈さん（大）の姿に近づけば近づくほど、別れの時期もまた接近していることを表している。

ならば、できる限りこのままでいていただきたいと思うのは、俺が利己的すぎるからだけではないだろう。誰だって惜《お》しいさ。特にハルヒ。寒いときに抱《だ》きつく先がなくなることを、あいつが残念がらないわけはないのだ。


俺が廊下《ろうか》で門番のついでに長門の本を立ち読みしていると、威勢《いせい》のよさが爪先《つまさき》からでも読みとれる女団長と、無報酬《むほうしゅう》でＳＰのように付き従う物好きな長身の副団長が並んで歩いてきた。

古泉の本意そうな清涼《せいりょう》スマイルに思うことはただ一つ。間の悪いヤツだ。一人で来たならしばらくコソコソ立ち話ができたのに、ハルヒと友釣《ともづ》り状態じゃそれもままならねえな。昨日の橘京子に関する俺の意見を語ってやってもいい心意気だったんだが、こいつのことだからとっくに情報入手済かもしれず、喜緑さんがアルバイトしてたと伝えても驚《おどろ》きもしなそうだし、これほどサプライズの仕掛《しか》けがいがない野郎《やろう》もいない。

「みくるちゃんが着替《きが》え中？」

どこを走り回っていたのかは知らんが息一つ乱していないハルヒは終始ご機嫌《きげん》に歩み寄り、俺をしっしと追い払《はら》うとノックゼロで扉《とびら》を押し開き、

「わっ、あっ、ちょ、まだ、わわわ」

と朝比奈さんに可愛《かわい》い悲鳴を上げさせ、

「あとファスナーあげるだけじゃん。気にしなくていいわよ、そんなの」

俺の袖《そで》を絡《から》め取ると強引《ごういん》に引き寄せて部室に押し入った。朝比奈さんには幸いなことにハルヒのセリフは実に写実的で、エプロンドレスをまとった朝比奈さんが窓に背を向け腕《うで》を後ろに回して固まっているポーズのみが俺の目に入ったすべてだった。

ハルヒはディフェンスラインの裏に蹴《け》りこんだサッカーボールのように朝比奈さんの背後に回り、最終章に差し掛《か》かっていた着替えの掉尾《とうび》を飾《かざ》る。といっても背中のファスナーあげを手伝って頭にカチューシャを載《の》っけてあげただけだが。

俺は長門本をテーブルの元あった位置に置き、銭湯の番台脇《わき》から女風呂《おんなぶろ》を覗《のぞ》くようなスタンスで顔を出す古泉に、

「ハルヒと何してた」

「何も」

オットセイが海中を泳ぐように、するりと入室した古泉は後ろ手に扉を閉めると物腰穏《ものごしおだ》やかなスタイルを崩《くず》さず、

「一階通路で偶然一緒《ぐうぜんいっしょ》になっただけです。あなたを除《の》け者にして涼宮さんと特別任務に励《はげ》んでいたわけではありません」

「そうかい」

そりゃ何よりだ。ハブにされても俺の心証が悪くなることはないが、お前はハルヒが部費を寄越《よこ》せと生徒会室に殴《なぐ》り込んでも平気で後をついていきそうだからな。そうなると俺の心労が増える。学園陰謀《いんぼう》物語は当分いらんぜ。

「言っても生徒会長は無謀《むぼう》ではありませんから、仕掛けて来るのだとしてももっと頃合《ころあ》いを読んでくるでしょう」

古泉は定位置のパイプ椅子《いす》に座りつつ、ハルヒに微笑《びしょう》を向けた。

「たとえば我々が大々的に団員募集《ぼしゅう》を声高《こわだか》に宣伝したりすれば、たちどころに」

「大々的にするつもりはないわ」

ハルヒは団長席で指を振《ふ》った。

「けど、まったくしないってのも変でしょ。仮入部受付大会に乱入したのはせめてもの仕事だと思ったからよ。威力偵察《いりょくていさつ》ってやつ？　思った通り、生徒会長が嫌味《いやみ》言いに来たから、そら見なさい。敵情視察は成功と言えるわ」

生徒会の出方を見るためにやったんだとしたらまああの策士だが、お前、今思いついただろ。単なるアトヅケだ。

「どっちでもいいじゃないの。結果が同じなら過程なんか考慮《こうりょ》の余地なしよ。懸《けん》命《めい》にアルバイトして十万円稼《かせ》ぐのも、百万円拾って交番届けて持ち主から一割貰《もら》うのにも違《ちが》いはないわ」

大違いだ。バイトしたらその先で誰かしらと出会いがあるらしいし（谷口談）、何よりそこらへんの道ばたに万札の束は落ちてないぜ。

しかし団長殿《どの》はぎしりと椅子に音を立てさせるほど背もたれに体重をかけ、話を変えた。

「仮入部受付は不作だったわ。けどね、あの時には面白《おもしろ》そうな一年生はいなかったけどさ、どっかに隠《かく》れてるかもしれないじゃない。踏《ふ》ん切りがつかずに迷ってる子だっているわよねえ。でも土日を挟《はさ》んで二日も考えたらどんな難問だって何かしらの答えは出るわ」

ハルヒは真珠《しんじゅ》みたいに白い歯を見せながら、一枚の紙切れを取り出した。

「これを校内の掲示板《けいじばん》という掲示板に貼《は》りに行ってたわけ」

ハルヒから受け取ったA4コピー用紙には、ハルヒの手書き文字でこうあった。

「入団試験開催《かいさい》のお知らせ。新一年生限定」

と、音読する俺の横から、朝比奈さんが茶道具を用意する手を休めて顔を覗かせ、パチパチと目を瞬《しばたた》かせる。

「一年生だけですかぁ」

「みくるちゃんだって新鮮《しんせん》で生きのいいのが好きでしょ？　お刺身《さしみ》だって釣《つ》れたての天然物鮮魚《せんぎょ》をさばいたほうがおいしいじゃない。高校に水揚《みずあ》げされたばかりでビチビチしてる生徒が狙《ねら》い目なわけよ」

ここはどこの漁港だ。

「でも、これ、SOS団ってどこにも書いてないですけど……」

朝比奈さんにしては鋭《するど》い観察眼にも、ハルヒは傲然《ごうぜん》と、

「堂々とSOS団って明記したら会長あたりがブツブツ言いに来るじゃない。譲《じょう》歩《ほ》よ譲歩。不本意だけど、敵に打ち勝つにはわざと引くことだって必要なの。入団って書いとけば充分《じゅうぶん》よ。なぜなら北高には他《ほか》に団はないから」

この学校に応援団《おうえんだん》はなく、おかげで団とつく組織は唯一《ゆいいつ》のものとなっていた。他にあったら驚《おどろ》くね。

「いや、ハルヒ」

俺はもっと根本的な問題を提起する。

「試験ってのは何だ。入団するのにテストを受けんといかんのか」

そんな当たり前そうな顔をすんな。

「そうよ」

「どんな試験だ」

「それは秘密」

「いつやるんだ」

「志望者が来たら適宜よ」

俺は文面を読み直す。デカデカと書かれた「入団試験開催のお知らせ」という文句以外の文字情報は、下の方に小さく載《の》っている「文芸部室にて」という一文だけである。

ハルヒは椅子を回して窓の外を眺《なが》めつつ、

「入団、文芸部。この二つのキーワードで解《わか》る一年生じゃなければ最初から来なくていいわ。聡《さと》い人間の中ならとっくにSOS団はメジャー化しているはずだから、そうでないのはこちらからご免《めん》こうむるわ。来るだけ来て何するとこ？なんて尋《たず》ねるシレ者もね」

俺もそのシレ者の一人だが。

朝比奈さんがヤカンをコンロにかけながら、ふと遠い目をして、

「一年生……新入団員ですかぁ……」

昔を懐《なつ》かしむような口調なのは、我が身が三年生で卒業まで一年を切っていることを思い出したからだろうか。

俺は知らない人物が見たら著しく謎《なぞ》でしかないコピーをハルヒに返し、

「来たらいいんだがな、SOS団に入団を希望するなんて頭の緩《ゆる》んだヤツが」

「頭の緩んだヤツは要《い》らないけど、そうねえ、何人かは来て欲しいわ。じゃないとせっかく作った入団試験問題が無駄《むだ》になるもん」

先週からパソコンを無駄にいじってると思ったら、そんなもん書いてたのか。ためしに見せてみろ。

「いやよ」

ハルヒはべろんと舌を出し、

「これは団機密にかかわるからね。あんたみたいな下《した》っ端《ぱ》にほいっと見せてあげられるもんじゃないの。見たかったら偉《えら》くなることね」

特になりたくもないので俺は立身出世の道を早々に断念することを決意した。

パソコンを起動したハルヒは、マウスを指先でもてあそびながら、

「でも実は試験問題もまだ完成稿《こう》とは言えないのよね。昨日もチラシ作りながらずっと考えてて、それで寝不足《ねぶそく》になったほど念入りにやってんのよ。これも団長の務めだから。さっき貼ったばかりだからすぐに来るってこともないでしょうけ

ど、その時は最初に実技試験を受けてもらうことにするわ」

いったい何段階あるんだ。その試験とやらは。

「それも内緒《ないしょ》」

まだ見ぬ入団希望者のためにハルヒの準備が無に帰することを祈《いの》りながら、俺は古泉の向かいに座る。見るとすでに碁盤《ごばん》と石が用意されていた。

「どうです、一勝負」

また囲碁かと思いきや、連珠《れんじゅ》とかいう古典ゲームらしい。どうせここにいてもヒマだ。頭の体操代わりに付き合ってやってもいいぜ。その前にルールを教えろ。

「五目並べのようなものです。覚えたら簡単ですよ」

俺は古泉の言うままに盤上に石を置きながら、実地でだいたいの遊び方を教わった。

朝比奈さんのお茶を片手に二、三試合するうち、たちまち俺は古泉に連戦連勝するようになる。俺の物覚えとコツをつかむセンスがいいのか、単に古泉がどヘタなのか、ともあれ勉学には何の影響《えいきょう》もなさそうな暇《ひま》つぶしをすることしきりの状態が続く。

ハルヒはパソコンに何やら打ち込み、朝比奈さんは日本茶について記されたカラー本を読みふけり、俺と古泉がゲーム三昧《ざんまい》。のどかだ。

「……？」

待て、なんかおかしい。変だ。

俺が首をもたげて部室を見回し、異変に気づくのとハルヒが声をあげたのが同時だった。

「あれ？」「あれ？」

俺とハルヒのクエスチョンマークが見事なハモりを見せる。

続く言葉も重なった。

「長門は？」「有希は？」

「えっ」

朝比奈さんが腰《こし》を浮《う》かせ、

「そ、そういえばいないですね。いつもの癖《くせ》でお茶だけ淹《い》れちゃったんですけど」

俺が置いた本の横に、長門の湯飲みが添《そ》えられていた。一口もつけられていない、冷め切ったグリーンティー。

かちんと音がして出所を探《さぐ》ると、古泉が摘《つま》んでいた碁石を容器に戻《もど》したところだった。秀麗《しゅうれい》な顔の上で眉《まゆ》をわずかに上げる。それだけが反応だった。副団長は沈黙《ちんもく》している。

「コンピ研に出張してんのかしら」

俺が席を立つ前に、ハルヒが脱兎《だっと》も目を剝《む》く速度で駆《か》け出し、部室を飛び出ていった。

この焦燥《しょうそう》感は何だ。長門が部室にいない——ただそれだけのことなのに……。

どんな手練《てだ》れが投げるブーメランよりも速く、ハルヒは戻ってきた。

「来てないって」

「あ、あ、あの、委員会とかクラスの用事で居残りとか……」

朝比奈さんが弱々しく楽観論を唱えるが、長門が美化や風紀や図書などの委員に任じられているとはまるで聞いたことがない。

案ずるより産むが易《やす》し、ってのはこんな場合には使わないんだったか？　しかしハルヒは誰よりも素早《すばや》く携帯《けいたい》電話を引っ張り出し、コール。

パタンパタンという軽い音はハルヒの上履《うわば》きが床《ゆか》を叩《たた》く音響《おんきょう》効果だ。

待つこと数秒。

「——あ、有希？」

出たようだ。少し安堵《あんど》する。

「どうしたの今日」

沈黙に等しい時が十秒ほど続いた。携帯電話を耳に押し当てていたハルヒの表情が徐々《じょじょ》に変化していき、

「え？　家？……うそっ」

ハルヒの口がへの字になった。

「熱？　風邪《かぜ》なの？　病院は？……そう、行ってないの。薬は？」

俺と古泉と朝比奈さんの頭が一斉《いっせい》にハルヒを向いた。

長門が熱を出してるだと？

ハルヒは深刻そうに眉を寄せ、

「有希、そういうときはあたしたちに連絡《れんらく》しなさいよ。すっごい心配するじゃない。ちゃんと寝《ね》てるんでしょうね……あ、ごめん、あたしが起こしちゃった？……そう？　ごめんね。でも……ばか、大したことないわけないじゃないの。声で解《わか》るわよ。だいじょうぶ？」

早口で会話しながら、ハルヒは自分の鞄《かばん》を引き寄せていた。

「有希、もういいわ。ベッドに戻って横になってて」

それからハルヒは長門にいくつか指示を飛ばしていたが、やがて通話を切って携帯を耳から離《はな》した。

立ったまま、ギリリと親指の爪《つめ》を噛《か》み、

「しまったどころの話じゃないわ。もっと早く気づかなきゃね。キョン、有希ってば今日学校休んでたのよ。知ってた？」

知っていたら今頃《いまごろ》こんなところでのうのうとお前の作ったアホ掲示物《けいじ》なんぞ見たあげく連珠《れんじゅ》などで時間つぶしもやっていない。

「ほんと、有希の担任も頭どうかしてるわ。ちゃんとあたしに伝えてくればいいのにっ。連絡不行き届きよ。教師失格ね！」

それは八つ当たりというものだが、今回ばかりはハルヒの怒気《どき》に賛成だ。

何故《なぜ》、俺に言わん。

教師じゃなくてもよかった。誰かが俺かハルヒに伝えるべきなのだ。

長門。お前、何故、俺に言わなかったんだ。お前が学校に来ないなんていう、超《ちょう》不測の事態を。

「みくるちゃん、早く着替《きが》えて」

「はっ。はい！」

「急いでね」

「はいっ」

朝比奈さんは俺と古泉が出るのも待たず、メイド装束《しょうぞく》を解き始めた。

ハルヒはすでに下校する気満々でいる。パソコンの電源を切る手順すら惜《お》しいらしい。そして俺と古泉も同様だった。すぐさま鞄を手にして部室を飛び出す。

閉じた扉《とびら》の向こうでハルヒが朝比奈さんの衣替《ころもが》えをしている音がしていたが、

かつてあり得ないほど二人は無口だった。

　このスキに言わねばならん。

「古泉」

「何でしょう」

「お前、長門が休んでいたことを知っていたのか」

「だとしたら、どうします」

「言わなかったことを責める。咎《とが》める。場合によってはつるし上げる」

「神に賭《か》けて、知りませんでした」

　古泉は硬質《こうしつ》な微笑《びしょう》を見せた。まるでガラス製の透明《とうめい》な仮面だ。

「長門さんが地球上の病原体を原因とする発熱に冒《おか》されるなどありえませんね。大昔の火星人ではあるまいし、おそらくあの時と同じ症状《しょうじょう》です」

　寒気を伴《ともな》う映像が脳裏《のうり》でフラッシュバックした。吹雪《ふぶき》のゲレンデ。暗い雪山にそびえ立つ夢幻《むげん》の館《やかた》。閉ざされた空間。それは冬が嫌《きら》いになりそうなワンエピソードだ。

　そして九曜。嵐《あらし》の海の波のような髪《かみ》を持つ、人形じみた娘《むすめ》。天蓋《てんがい》領域の人型端末《たんまつ》。

　何しに出てきたのかと思っていた。昨日も何もしなかった。それは喜緑さんがいたからかもとは思っていた。

「彼等の侵攻《しんこう》が再開されたんですよ。情報統合思念体ではない地球外知性のね。当然、第一次的な攻撃《こうげき》目標はSOS団最大の防御壁《ぼうぎょへき》となる長門さんです」

古泉の解説はいつになくシリアスだった。

「長門さんを稼働《かどう》不能に追い込んでしまえば、後に残るのは僕たち、地球を母胎《ぼたい》とする人間だけです。残念ながら『機関』には正体のつかめない概念《がいねん》生命体に対《たい》抗《こう》できるだけの力がありません。達者な未来人ならどうかは解りませんが、今現在の朝比奈さんには無理でしょうね。ですが……」

団内で残されたのは俺とハルヒか。俺が一番無力であることは身にしみいっている。

だがハルヒなら。

長門が誰かのおかげで倒《たお》れてるなんてことを知ったら、ハルヒはその誰かを完《かん》膚《ぷ》無《な》きまでに叩《たた》きのめすまで拳《こぶし》を緩《ゆる》めない。天地をひっくり返してでも長門一人を救い出そうとするだろう。

どうする。ここか。ここなのか？　俺の持つ切り札。ジョーカーを表向きに置くのは、今、この時なのか。

「僕はそう思いませんね」

古泉の声が冷静ではなく冷淡《れいたん》に聞こえるのは俺の精神状態が作用しているからか。

「彼等の目的はそれかもしれない。いいですか、切り札は一回限りです。二度と使用できないから切り札は効力を持つ。軽挙に走っては敵の意のままになる恐《おそ》れがあります。加えまして、これはまだマシな事態といえなくもないでしょう。現に僕は無事ですし、朝比奈さんもそうです。相手が徹底《てってい》的に、そして本気で攻撃をしかけてくるなら、僕たちがこうして自由に行動できている理由《わけ》がない。橘京子の不用意な動きも報告されていません。類推したところ未来人の一派もです。統合思念体とは別種の宇宙人、その者の単独行動でしょう。ならば、リアクションは慎重《しんちょう》におこなうべきです」

俺が言い返すセリフを舌の上まで登らせた瞬間《しゅんかん》、扉が大音を立てて開き、朝比奈さんの腕《うで》をつかんだハルヒが飛んで出てきた。開口一番、

「さ、行くわよ！　有希ん家《ち》まで、一直線にね！」

ほとんど怒《いか》りにも近い感情的な表情で叫《さけ》び、先頭に立って走り出す。

無論――。

その団長命令を拒《きょ》否《ひ》する団員は、どこにもいなかった。

――『涼宮《すずみや》ハルヒの驚愕《きょうがく》』につづく

# ハルヒがいなければ人類は滅亡する。

岩井《いわい》勇気《ゆうき》（ハライチ）

涼宮《すずみや》ハルヒのような存在がいなければ、やがて人は滅亡するだろう。

平凡な日常を生きてきた。子供の頃は運動も勉強もそこそこできて、実家は中流家庭、友達もいたし毎日サッカーの練習に行っていた。そんな中、僕は中学の頃まで心のどこかで「いつかこの平凡は終わり、何か不思議なことや、想像もつかないことが起こるはずだ」と、思っていた。しかし高校に進学しても社会人になっても、想像を超えるような不思議なことは起こるはずもなく、それどころか受験や進学とともに将来を意識させられ、恋愛をし、バイトをし、そして就職をして世の中を知る。そんなことが積み重なるうちに、どんどん現実というものは頭の中で形となり、ついには目を背けられないほど大きくなっていったのだ。

高校卒業とともにお笑い芸人を目指し、夢を叶《かな》えるということの厳しさを実感し出した19歳の頃、テレビアニメ『涼宮ハルヒの憂鬱《ゆううつ》』が始まった。原作の存在は知っていたが、読んだことはなかった。その頃はとにかく暇で、お金もなく、実家に住みながらバイトとアニメとネットゲームに明け暮れる毎日を過ごし、だんだん脳みそが溶けてきて少しずつ耳から垂れてきていた。しかしそのおかげもあり、深夜アニメは網羅していたので、例に漏れず『涼宮ハルヒの憂鬱』も観ていたのだ。

衝撃だった。平凡な日常から連れ出してくれる何かを求めていた中学の頃を思い出していた。涼宮ハルヒがその「何か」そのものだったからだ。自分の好奇心に周囲を巻き込みながら不思議な世界に踏み入らせてしまうような、大胆に1歩踏み出せない僕を強引に突き動かすような女の子。憧《あこが》れていた存在がアニメの登場人物にいた。僕は、垂れた脳みそが頭に戻っていくのを感じた。

あの頃、アニメキャラという非現実的な存在の中、女子高生で、カリスマ的な魅力を持っていて、強引なのにたまに女の子っぽいという、絶妙に僕らの住む世界にも居そうな女の子の涼宮ハルヒは異質だった。この時期アニメを見ていた男達は、好きか嫌いかは別として、みんな涼宮ハルヒに釘付《くぎづ》けだった。

そして、涼宮ハルヒに自分を重ねる部分もあった。平凡の終わりと不思議の始まりを求める気持ちを、昔持っていた人は多いと思う。人と違うことが起こるんじゃないか。自分を中心に世界が回っているような想像をしたこともある。その気持ちは、涼宮ハルヒの中にあるものとも似ていた。しかし涼宮ハルヒの場合は、何もかもを引き寄せ、周囲を自分の望むように動かしてしまう引力によって、想像がどんどん現実となっていくのである。僕らがどこかで諦《あきら》めてしまったものを、彼女は形にして行く。言わば涼宮ハルヒは、あの頃、非日常を想像していた僕らのｉｆなのだ。想像していた世界を形にした、成功の世界線の女の子なのである。

だから僕は『涼宮ハルヒの憂鬱』を観ていると自然と涙が出てくる。大人になり、色んな可能性が減っていく中、心の深くに埋まっていた昔の好奇心に触れるからだ。オープニングの〝冒険でしょでしょ⁉〟という歌詞も僕に大事なものを思い出させてくれる。心に空いた穴に気付かないようにしていた自分に「本当はそうじゃないでしょ？」と叱ってくれている気がする。

今、『涼宮ハルヒの憂鬱』のアニメを、もう一度最初から観返してみた。できればアニメを観た記憶を消して、一から初見で観るというのを15532回繰り返したいものだが、長門がかわいそうなので記憶があるまま観返した。28話あっても好きなアニメは丸呑《まるの》みするようにすぐ観終わってしまうものだ。そしてテレビのオンエアで観ていた頃を思い出した。1期で全部理解できないまま話が進んで行っていたこと、2期で同じような話を8週見せられて混乱していたこと、最終回の後世界が広がったように感じたこと、そして来週も普通にこのアニメの放送があるんじゃないかという気持ちになっていたこと。何度観ても同じ気持ちになれるものだ。

いつまでも好奇心を持って生きていたい。子供の頃の好奇心が何かを生み出すきっかけになっている気がする。忙しさや厳しさでそれを忘れて周りが見えなくなった時、僕は涼宮ハルヒを思い出す。すると彼女が強引に僕を子供の頃に引き戻してくれるのである。

人は時間とともに可能性を失っていく。涼宮ハルヒのような存在がいなければ、やがて人は滅亡するだろう。僕らは涼宮ハルヒと何度も出会うことによって大人になっても想像と可能性を広げられるのだ。

本書は、二〇〇七年四月に角川スニーカー文庫
より刊行された作品を再文庫化したものです。

# 涼《すず》宮《みや》ハルヒの分《ぶん》裂《れつ》

谷《たに》川《がわ》 流《ながる》

令和元年 5月25日 初版発行
令和6年 12月10日 4版発行

発行者●山下直久

発行●株式会社KADOKAWA
〒102-8177 東京都千代田区富士見2-13-3
電話 0570-002-301（ナビダイヤル）

角川文庫 21608

印刷所●株式会社KADOKAWA
製本所●株式会社KADOKAWA

表紙画●和田三造



●お問い合わせ
https://www.kadokawa.co.jp/（「お問い合わせ」へお進みください）
※内容によっては、お答えできない場合があります。
※サポートは日本国内のみとさせていただきます。
※Japanese text only


ISBN 978-4-04-107422-0 C0193

# 角川文庫発刊に際して

角川源義

第二次世界大戦の敗北は、軍事力の敗北であった以上に、私たちの若い文化力の敗退であった。私たちの文化が戦争に対して如何に無力であり、単なるあだ花に過ぎなかったかを、私たちは身を以て体験し痛感した。西洋近代文化の摂取にとって、明治以後八十年の歳月は決して短かすぎたとは言えない。にもかかわらず、近代文化の伝統を確立し、自由な批判と柔軟な良識に富む文化層として自らを形成することに私たちは失敗して来た。そしてこれは、各層への文化の普及滲透を任務とする出版人の責任でもあった。

一九四五年以来、私たちは再び振出しに戻り、第一歩から踏み出すことを余儀なくされた。これは大きな不幸ではあるが、反面、これまでの混沌・未熟・歪曲の中にあった我が国の文化に秩序と確たる基礎を齎らすためには絶好の機会でもある。角川書店は、このような祖国の文化的危機にあたり、微力をも顧みず再建の礎石たるべき抱負と決意とをもって出発したが、ここに創立以来の念願を果すべく角川文庫を発刊する。これまで刊行されたあらゆる全集叢書文庫類の長所と短所とを検討し、古今東西の不朽の典籍を、良心的編集のもとに、廉価に、そして書架にふさわしい美本として、多くのひとびとに提供しようとする。しかし私たちは徒らに百科全書的な知識のジレッタントを作ることを目的とせず、あくまで祖国の文化に秩序と再建への道を示し、この文庫を角川書店の栄ある事業として、今後永久に継続発展せしめ、学芸と教養との殿堂として大成せんことを期したい。多くの読書子の愛情ある忠言と支持とによって、この希望と抱負とを完遂せしめられんことを願う。

一九四九年五月三日

# 角川文庫ベストセラー

## ＧＯＴＨ
夜の章・僕の章

乙　一連続殺人犯の日記帳を拾った森野夜は、未発見の死体を見物に行こうと「僕」を誘う……人間の残酷な面を覗きたがる者〈ＧＯＴＨ〉を描き本格ミステリ大賞に輝いた乙一の出世作。「夜」を巡る短篇3作を収録。

## 失はれる物語

乙　一事故で全身不随となり、触覚以外の感覚を失った私。ピアニストである妻は私の腕を鍵盤代わりに「演奏」を続ける。絶望の果てに私が下した選択とは？　珠玉6作品に加え「ボクの賢いパンツくん」を初収録。

## ＧＯＴＨ《ゴス》番外篇
森野は記念写真を撮りに行くの巻

乙　一山奥の連続殺人事件の死体遺棄現場に佇む男。内なる衝動を抑えられず懊悩する彼は、自分を死体に見たてて写真を撮ってくれと頼む不思議な少女に出会う。ＧＯＴＨ少女・森野夜の知られざるもう一つの事件。

## 死者のための音楽

山白朝子死にそうになるたびに、それが聞こえてくるの――。母をとりこにする、美しい音楽とは。表題作「死者のための音楽」ほか、人との絆を描いた怪しくも切ない七篇を収録。怪談作家、山白朝子が描く愛の物語。

## エムブリヲ奇譚

山白朝子旅本作家・和泉蠟庵の荷物持ちである耳彦は、ある日不思議な〝青白いもの〟を拾う。それは人間の胎児エムブリヲと呼ばれるもので……迷い迷った道の先、辿りつくのは極楽かはたまたこの世の地獄か――。

# 角川文庫ベストセラー

赤×ピンク　桜庭一樹

深夜の六本木、廃校となった小学校で夜毎繰り広げられる非合法ファイト。闘士はどこか壊れた、でも純粋な少女たち――都会の異空間に迷い込んだ彼女たちのサバイバルと愛を描く、桜庭一樹、伝説の初期傑作。

推定少女　桜庭一樹

あんまりがんばらずに、生きていきたいなぁ、と思っていた巣籠カナと、自称「宇宙人」の少女・白雪の逃避行がはじまった――桜庭一樹ブレイク前夜の傑作、幻のエンディング3パターンもすべて収録!!

砂糖菓子の弾丸は撃ちぬけない A Lollypop or A Bullet　桜庭一樹

ある午後、あたしはひたすら山を登っていた。そこにあるはずの、あってほしくない「あるもの」に出逢うために――子供という絶望の季節を生き延びようとあがく魂を描く、直木賞作家の初期傑作。

少女七竈と七人の可愛そうな大人　桜庭一樹

いんらんの母から生まれた少女、七竈は自らの美しさを呪い、鉄道模型と幼馴染みの雪風だけを友に、孤高の日々をおくるが――。直木賞作家のブレイクポイントとなった、こよなくせつない青春小説。

道徳という名の少年　桜庭一樹

愛するその「手」に抱かれてわたしは天国を見る――エロスと魔法と音楽に溢れたファンタジック連作集。榎本正樹によるインタヴュー集大成「桜庭一樹クロニクル2006―2012」も同時収録!!

# 角川文庫ベストセラー

無花果《いちじく》とムーン　桜庭一樹

無花果町に住む18歳の少女・月夜。ある日大好きな兄が目の前で死んでしまった。月夜はその後も兄の気配を感じるが、周りは信じない。そんな中、街を訪れた流れ者の少年・密は兄と同じ顔をしていて……!?

僕と先輩のマジカル・ライフ　はやみねかおる

幽霊の出る下宿、地縛霊の仕業と恐れられる自動車事故、プールに出没する河童……大学一年生・井上快人の周辺でおこる「あやしい」事件を、キテレツな先輩・長曽我部慎太郎、幼なじみの春奈と解きあかす！

モナミは世界を終わらせる？　はやみねかおる

高校生の萌奈美は「おまえ、命を狙われてるんだぜ」と突然現れた男にいわれる。どうやら世界の出来事と、学校で起きることが同調しているらしい。はたして無事に生き延びられるのか……学園ミステリ。

クレシェンド　竹本健治

ゲームソフトの開発に携わる矢木沢は、ある日を境に激しい幻覚に苦しめられるようになる。幻覚は次第に進化し古事記に酷似したものとなっていく。『涙香迷宮』の鬼才・竹本健治が描く恐怖のメカニズム。

腐蝕の惑星　竹本健治

最初は正体不明の黒い影だった。そして繰り返し襲ってくる悪夢。航宙士試験に合格したティナの周囲に起こる奇妙な異変。『涙香迷宮』の著者による、入手困難だった名作SFがついに復刊！

# 角川文庫ベストセラー

## 愚者のエンドロール　米澤穂信

先輩に呼び出され、奉太郎は文化祭に出展する自主制作映画を見せられる。廃屋で起きたショッキングな殺人シーンで途切れたその映像に隠された真意とは⁉ 大人気青春ミステリ、〈古典部〉シリーズ第2弾！

## クドリャフカの順番　米澤穂信

文化祭で奇妙な連続盗難事件が発生。盗まれたものは碁石、タロットカード、水鉄砲。古典部の知名度を上げようと盛り上がる仲間達に後押しされて、奉太郎はこの謎に挑むはめに。〈古典部〉シリーズ第3弾！

## 遠まわりする雛　米澤穂信

奉太郎は千反田えるの頼みで、祭事「生き雛」へ参加するが、連絡の手違いで祭りの開催が危ぶまれる事態に。その「手違い」が気になる千反田は奉太郎とともに真相を推理する。〈古典部〉シリーズ第4弾！

## ふたりの距離の概算　米澤穂信

奉太郎たちの古典部に新入生・大日向が仮入部する。だが彼女は本入部直前、辞めると告げる。入部締切日のマラソン大会で、奉太郎は走りながら心変わりの真相を推理する！〈古典部〉シリーズ第5弾。

## きみが見つける物語　十代のための新名作　スクール編　編／角川文庫編集部

小説には、毎日を輝かせる鍵がある。読者と選んだ好評アンソロジーシリーズ。スクール編には、あさのあつこ、恩田陸、加納朋子、北村薫、豊島ミホ、はやみねかおる、村上春樹の短編を収録。